U0025699
1
ORC HERO STORY
半獸人英雄物語
忖度列傳
Kadokawa Fantastic Novels

Characters

ORC HERO STORY

Bash

「旅行的目的是私人事情，簡單地說，我在找東西。」

Zell

捷兒

霸修過去的戰友，好奇心旺盛的妖精。在旅行途中與霸修重逢並與他同行。

「老大才親自踏上尋找老婆的旅途……就是這樣對吧！」

霸修

全半獸人族崇拜的半獸人「英雄」。打倒所有敵人，為戰場帶來勝利的最強戰士。

Judith

茱迪絲

要塞都市克拉塞爾的菜鳥騎士。基於某個理由而對半獸人懷有強烈的恨意。

Thunder Sonia

桑德索妮雅

戰爭當中打倒惡魔王的大英雄之一，精靈族的大魔導。過去似乎和霸修關係匪淺……

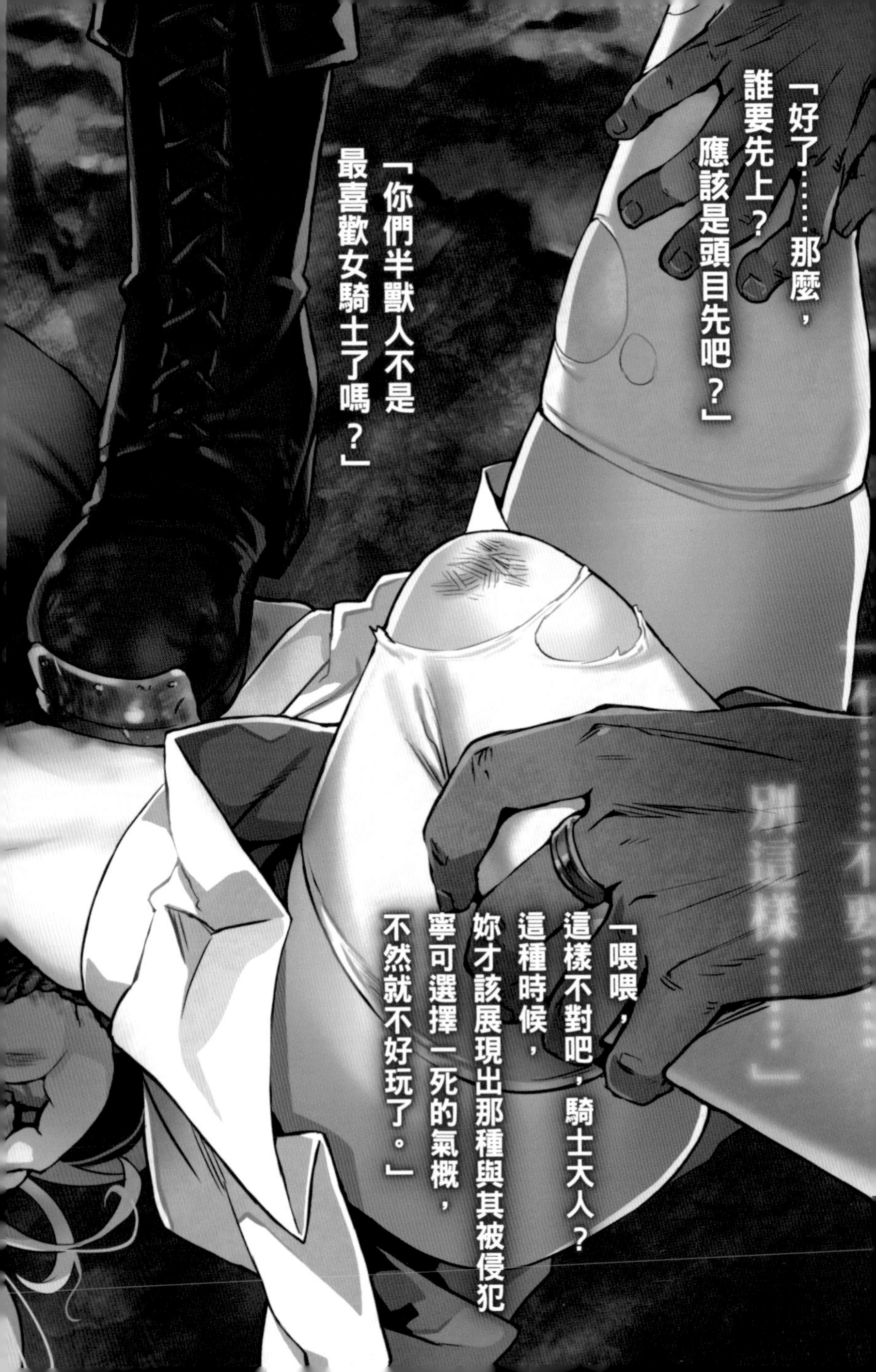
「好了……那麼，誰要先上？應該是頭目先吧？」
「你們半獸人不是最喜歡女騎士了嗎？」
「喂喂，這樣不對吧，騎士大人？這種時候，妳才該展現出那種與其被侵犯寧可選擇一死的氣概，不然就不好玩了。」

「不要靠近我！不要、不要、不要——！」
「夠了，不准亂動！」
「我已經忍不住了。」
「不要啊！」

在熊地精蹬地的同時，
銳利的一刀閃過。
……三隻熊地精
瞬間變成了肉塊。

正面打倒所有敵人，
令所有敵人聞風喪膽的——半獸人的英雄。
貨真價實的半獸人的殺手鐧。
他的一擊，任何人都無法完全接下。

ORC HERO STORY

CONTENTS

第一章　智人之國　要塞都市克拉塞爾篇

ORC HERO STORY

半獸人英雄物語

忖度列傳

1

理不尽な孫の手

illustration
朝凪

Kadokawa Fantastic Novels

忖度（ㄘㄨㄣˇㄉㄨㄛˋ）：揣測他人心情。亦指揣測並顧慮對方狀況之意。

（出自維基百科）

序章

過去，曾經有一場大規模的戰爭。

規模很大很大，期間很長很長的戰爭。

瓦士托尼亞大陸全境都成了戰場，不知何時會結束，完全陷入膠著的戰爭。

沒有任何人記得戰爭的開端。

根據精靈族的古老傳承，一開始是因為惡魔族的王子擄走了某個智人國的公主而起。而在矮人族的傳承當中的說法，是智人族的國王進攻並毀滅了惡魔族的村莊所導致。

綜合這些傳承，開端是智人與惡魔這點是千真萬確，不過，想追究雙方誰對誰錯這件事的人早就不在世上了。

唯一能說的，是那場戰爭持續了五千年以上。

並且殃及了住在瓦士托尼亞大陸的十二支種族。

無論是誰，都認為這場戰爭會永遠持續下去，直到天長地久。出生時就是戰爭狀態。父母、祖父祖母都是這樣。任何人都一樣。誰都不記得和平的時代是什麼樣子。即使是能活過五百年的精靈也不例外。

不論是誰，全都認為自己必須鬥爭下去。大家都認為自己的小孩、孫子，也都會一直戰鬥下去。戰爭是因何而起，又該怎麼做才會結束，不僅沒人知道，更沒有人去思考。

然而，這樣的戰爭，某天，驟然結束了。

戰爭的開端沒有任何人記得，但結束的開端所有人都記得。

惡魔王格帝古茲。

他的出現讓戰況為之一變。

這位惡魔王格帝古茲是個傑出的人物。

他在歷代惡魔王中也是特別具備領袖風範的一位，在位的一百年，他讓以惡魔族為首的食人魔、妖精、哈比、魅魔、蜥蜴人、半獸人等七種族聯合團結一致，研究出搭配不同種族的編制，創造出前所未有的嶄新軍事準則，藉此壓倒智人率領的四種族同盟，大幅擴張了統治領域。

對於四種族同盟而言，此事宛如惡夢。

過去的七種族聯合確實會並肩作戰，卻不曾合作進攻。

像是由哈比空運體型巨大且移動緩慢的食人魔，或是由魅魔在溼地帶散布桃色濃霧魅惑霧氣，再由不受魅惑影響的蜥蜴人穿越濕地帶突襲敵陣……面對這種過去只有在偶然狀況下才會發生的合作，原本就得鑽研合作戰術才總算能與之抗衡的四種族同盟根本無法抵擋。

然而，這同時也是一個轉機。

在惡魔王格帝古茲的統整之下，七種族聯合軍隊是堅若磐石地團結，這在過去根本無法想像。

正因為他的實力堅強，正因為他的領袖風範，讓他本身成了弱點。

當然，四種族同盟事先並未看透這一點。

只是，不先打倒格帝古茲的話，等著他們的就只有戰敗，這件事並不難想像。

如此這般，格帝古茲便遭到討伐了。

在雷米厄姆高地的決戰當中，智人族的王子納札爾、精靈族的大魔導桑德索妮雅、矮人族的戰鬼多拉多拉多邦嘎、獸人族的勇者雷托等四位率領的敢死隊殺進惡魔軍的最深處，討伐了惡魔王格帝古茲。

壯烈犧牲的人非常多。矮人族的戰鬼多拉多拉多邦嘎和獸人族的勇者雷托在和格帝古茲的決戰中喪命，敢死隊也死了半數以上。

在討伐了格帝古茲之後的撤退戰中，智人族的王子納札爾也受了重傷。

格帝古茲死後的變化極為劇烈。

失去王者的七種族聯合轉眼間便喪失了團結。分崩離析的程度嚴重到令人驚訝。

沒有任何勢力準備取代格帝古茲的人。

就連粗略的指示都沒有人能夠發號施令，七種族聯合的指揮系統受到毀滅性的打擊。

七種族聯合持續等待著遲遲未能接到的命令，只能在戰場上來回奔波……最後遭到四種族同盟軍掃蕩。

如果各種族的王沒有自己站出來指揮，可能有幾個種族已經滅族了吧。

以惡魔族為首的七種族聯合變得分崩離析，回到和格帝古茲以王者之姿君臨之前一樣，開始各個種族各打各的了。

食人魔與哈比，魅魔與蜥蜴人，半獸人與妖精，各自兩兩搭檔，所以彼此合作的行動尚存，不過頂多只在戰術層級，在各地都不斷苦嘗敗果。

格帝古茲王死後五年。僅僅五年間，七種族聯合的所有領土都被搶走了。

百年來得到的領土全失去了。

站在七種族聯合的立場，他們面臨的是直接被攻打到滅亡也不足為奇的狀況。

四種族同盟就是這麼地氣勢如虹。

然而，這時卻出現了談和的提案。在四種族會議上提出這個方案的不是別人，正是智人族的王子納札爾。他說要給敵軍最後一個機會。說要對敵軍提出談和的要求。

這也是在那場漫長戰爭當中，戰況特別激烈的這一百年來已疲憊不堪的人民的心聲。

實際上，四種族同盟也已經瀕臨極限了。

在格帝古茲稱王的這一百年當中，智人、精靈、矮人、獸人的數量都減少了許多。

平均壽命大幅降低，就連能夠好好養育孩童的基礎都快消失了。

所有人都想休息。心中只覺得已經受夠了。

萬一，已經窮途末路的七種族聯合又團結起來想決一死戰的話，事情又會如何？

四種族同盟或許打得贏吧。

但之後又會怎樣呢？或許，雙方會就此同歸於盡也說不定。

趁還有選擇權的時候，轉向和平之道吧。

納札爾如此主張。

四種族同盟的高層堅決認為「他們絕對不可能答應談和」，然而奇妙的是，真的試著提出談和的要求後，沒有一支種族不答應。

就連語言能否互通都令人擔心的食人魔，還有擺明了奉戰鬥與強姦為至上的半獸人，都願意接受不利的條件，簡簡單單就完成了議和。

於是戰爭就此結束。

漫長的戰爭總算是宣告結束了。

序章

過了三年。

取自和平的時代而命名為「和平曆」的曆法的第三年。

漫長的戰爭結束後，人們過了一段茫然若失的時光，卻在受到戰火破壞的城鎮隨之復興，商人們和其他種族之間的交易開始上了軌道，小孩一一誕生，人口開始出現增加的跡象後，所有人都開始有了和平的自覺，決定開始著手新的事物。

學問、藝術、經商、娛樂……過去被輕視的事物開始受到重視，各個種族的常識也開始有了變化。

新時代的序幕就此揭開，即將邁向下一幕。

這個故事，是在這樣的時代之下，從某個種族的國家開始的。

那就是半獸人的國家。

C HERO

要塞都市克拉塞爾篇

Episode Clasel

OR

第一章

智人之國

Human country

STORY

1．英雄啟程

半獸人。

具有綠皮膚和尖長的獠牙，以及不受毒與疾病影響的強韌肉體，是一支好戰的種族。

最值得一提的大概是他們有著強烈的性欲吧。

對他們而言，繁殖除了是對生物來說必須的行為之外，同時也是日常娛樂的一種。

戰鬥，進食，性侵。

對半獸人來說，在戰鬥中取下多少首級和讓女人生了多少小孩有著同等的價值。

留下眾多子嗣，死於戰鬥之中。這才是半獸人所追求的最佳生涯。

堅強的體魄與強大的繁殖力。

以生物而言具備了最為優秀的條件，然而他們其實也有著一項缺點。

那就是「基本上只會生下雄性，必須借助其他種族懷胎才能夠繁殖」這個缺點。

事實上他們在戰爭期間確實會俘虜敵國的女兵為囚，讓她們生小孩生到失去用處，因而遭到部分種族忌如蛇蠍。

「喂，前面那個……該不會是『英雄』吧？」

霸修。

有著這個名字的男人，在半獸人這個族群當中是能力格外出眾，表現特別優秀的戰士。

他趕到戰場的時刻比任何人快，留在前線的時間比誰都長，打倒的敵人比任何人都多。

許多半獸人都因他而獲救，許多戰場在他的領導之下走向勝利。

無論面對多麼強大的敵人都正面與之對抗，進而打倒敵人，那副英姿可說是體現了半獸人的理想。

為了讚揚他的功績，他獲贈了「英雄」的稱號。

英雄。

這個稱號表示他是最強的半獸人，也是無上的榮譽。

當然，更是所有半獸人崇拜的對象。

「呼……『英雄』果然帥到不行！」

「我從很久以前就一直很想聽他講他打倒『黑頭(black head)』的故事呢……」

獲得英雄稱號的霸修得到了近乎一切的事物。

大房子、優良的武器防具、吃不完的食物、用不盡的特權。還有，全體半獸人對他的尊敬與信賴。

年輕半獸人想要的事物，他幾乎全都有了。

「……我、我過去找他一下。」

「混帳東西！難道你看不出來他想安靜地自己喝酒嗎！」

「抱、抱歉……說得也是。英雄並不是我們可以隨便攀談的對象。」

這樣的霸修有個煩惱。

身邊的人們都以為他擁有了一切，但他其實還有沒能得到的事物。

不，用「得到」來描述也不太對，真要表達的話，應該說是「他還沒能捨棄某種不該擁有的事物」才對吧。

就像是早該投入不滅之火當中的古老戒指般……

「沒錯，我確實也很想聽『英雄』說他的事喔。包括他喜歡怎樣的女人之類的！」

「英雄對女人的偏好啊……應該是智人吧？」

「白痴啊！他可是『英雄』耶。智人和精靈那種司空見慣的女人，他在戰爭中應該已經上得膩到不能再膩了吧。聽說最近連繁殖場也見不到他的身影。」

「智人和精靈都膩了的話……那麼，難不成會是龍人之類的？那個傳說中的種族！」

「有可能喔！既然是『英雄』的話！」

霸修一個人待在酒吧裡，坐在吧檯邊喝著火酒，今天依然在煩惱同一件事情。

到底該怎樣才能捨棄那個呢……

不，若只是要捨棄隨時都辦得到。但在半獸人的國家這裡，霸修是備受關注的人物。只要去捨棄，必定會被人看見。然後，就會被知道他至今依然「擁有」的這個事實。

身為半獸人的英雄……不，身為一名半獸人，這件事絕對不能被人知道。

要是被知道了，在那個瞬間，霸修的榮譽及驕傲將應聲粉碎。

全體半獸人對他的尊敬一瞬之間就會轉變為嘲笑吧。

霸修渺小的自尊心將受到千刀萬剮的創傷，隔天可能得在頭上套布袋才活得下去……已經能算是活不下去了。

「我、我還是想去問問看！」

「就叫你不要了，這樣太不敬了吧。」

「不會吧，如果只是問他至今上過最讚的女人是誰，應該不算太失禮才對。不知道會是智人族的女騎士，還是精靈族的女將軍，或是獸人族的公主殿下就是了！」

霸修站了起來。

身高有兩公尺多。儘管在半獸人中個頭不算高，但渾身上下的疤痕道出他經歷過多少戰鬥，結實肌肉的密度比在場的任何人都還高。

更不用說，他的舉止之間毫無可乘之機，全身上下散發出拒人於千里之外的氣場。

他目光一閃，朝著往他走來的那個男人瞪了一眼。

「……」

才瞪了一眼，那個半獸人就站住了。

「不、不好意思！這傢伙只是看到名人有點太興奮了，我會好好勸他的……」

另一個人連忙低頭道歉。

半獸人被人瞪了一眼就低頭道歉，這種事只能用丟臉來形容。

不過，對方是「英雄」的話就另當別論了。這時反而是不低頭道歉才丟臉。

「哼。」

霸修從鼻子哼了一聲，然後朝酒吧的出口走去。

「呼哇……好帥……」

這一連串的過程，讓附近的半獸人們紛紛發出感嘆之聲。

壓倒性的氣勢。強者應如是。

若是尋常的半獸人，有年輕人像那樣帶著崇拜的眼神靠近自己的話，早就眉開眼笑，開始自吹自擂了吧。

「怎麼，小夥子，你想聽本大爺的英勇事蹟啊？哈哈哈，好啊，我就告訴你吧。那是在阿爾坎歐爾平原那場戰鬥的時候了。本大爺朝敵人的大軍衝了過去勇猛果敢地怎樣又怎樣，於是敵方的某某某便如何又如何……」

當然，這樣也沒錯。

以半獸人的價值觀而言，自吹自擂也是半獸人戰士該有的行為。自己在戰場上立下功績，自豪一下又何妨？這是理所當然的權利。

又或者是對方心情不好的話，那個年輕人也有可能挨揍。

「少來礙眼了，混帳！難道看不出來我想安安靜靜地自己喝酒嗎！」

這樣也行。實際讓年輕小夥子知道勇猛的戰士有多麼厲害也是半獸人應有的表現。

這個年輕人如果挨了霸修的揍，也是得償所望吧。那將成為他畢生難忘的回憶，甚至收進寶箱裡珍藏都有可能。

然而，霸修表現出來的更在這些反應之上。

他所表現出來的，完全是「我不想處理你這種微不足道的半獸人」的意思。

確實如此。半獸人當中的強者就該這樣才對。

這才是豪傑的風範。英雄不應該理會路邊到處都是的雜碎。

自己曾經和霸修這種漢子在同一個空間喝過酒。

對那兩個年輕人來說，光是這樣就足夠了。霸修的舉手投足就是如此帥氣。帥氣到令他們滿心感動。

「嗚……我也好像變得像他一樣喔。」

「白痴啊，你一輩子都不可能啦！」

「我知道啦！可是我真的很想問問看，他至今為止上過的女人的事……」

聽見這般聲音從酒吧裡傳來，霸修輕輕地嘆了口氣。

如果是看在內行人眼裡，或許能看出踏上歸途的他那厚實的背影似乎小了一圈吧。步伐也小了一點，看起來甚至隱約顯得有些害怕。

沒錯，剛才的年輕人完全點到了霸修的煩惱。

至今為止上過的女人？

至今上過最讚的女人？

被問了那種問題，他也不知道該如何是好。

因為他的煩惱——將一切盡收手中的他，至今尚未捨棄的事物。

那就是……

「啊～太令人崇拜了。至今為止，他到底上了多少女人，留了多少種啊……」

（……零人啦。）

處男之身。

◇

霸修在漫長的戰爭當中出生。

在戰爭中成為俘虜、被侵犯到無以復加的雌性智人的肚子裡爬出來的綠半獸人。

那就是他。

他在出生後第五年就被塞了一把劍，第十年就上了戰場，打倒了敵人。

即使是好戰的半獸人，十歲第一次上戰場也太早了。

再怎麼說，十歲這個年紀也不夠格被算進戰士的一員。

事實上，十歲過沒多久就第一次上戰場的半獸人，幾乎都未能成材便不幸夭折。

但是，當時多虧有惡魔王格帝古茲想出來的軍事準則，即使是十歲的年輕半獸人，生還率也變得還過得去。

不過，也只是「還過得去」罷了……

所幸，霸修沒有死。

剛開始的那一年他還數度瀕臨死亡，不過第二年便成了獨當一面的戰士，第三年便成為一流的戰士，第四年便成為首屈一指的戰士，第五年更成了半獸人的國家當中無人能出其右的最強戰士。

最強的戰士。

沒錯，他可謂戰神降生。

半獸人在戰場上總是面臨劣勢，唯有霸修所在的地方不同。

他所在的戰場，是智人、精靈、矮人那邊血流成河，肝腦塗地。

無論在戰場上面對怎樣的對手，霸修從不避戰，戰無不勝。

號稱猛將的人、號稱劍豪的人、號稱修羅的人，霸修打倒了各式各樣的對手，在戰場上為己方帶來勝利。

不僅如此，霸修從不停歇。

獲取一顆勝利的戰果之後，他便立刻前往下一個戰場。

一戰接著一戰。

不知疲累為何物的最強戰士不分晝夜，戰鬥到底。

他每三天才會休息一次，而且只是將具有萬能藥作用的妖精鱗粉撒在自己身上，然後小睡片刻而已。

霸修對於這些沒有絲毫的懷疑。他認為身為半獸人的戰士，這些是理所當然的行動。

霸修的戰鬥力是壓倒性的強。

各國都知道「有個異常的半獸人」而害怕他。

實際與之一戰，並僥倖生還的人則表示「他是戰神古達戈薩」而感到恐懼。

戰後，智人的大將軍甚至表示「那個半獸人若再早個五年出現在戰場上，說不定會輸的就是我們了」。

然而，霸修再怎麼強也只有一個。

不過是驍勇善戰的單一戰力罷了。

即使能在局部帶來勝利，卻沒有足以改變大局的能力。

在霸修開始戰鬥的第十年，惡魔王格帝古茲遭到討伐，第十五年戰爭便結束了。

雖然在戰爭中落敗，霸修也得到了英雄的稱號，更獲得許多事物。

他有了大房子和吃不完的食物，還有優良的武器防具，更得到存在於國內的所有半獸人羨慕的眼神。

然而，他也發現了。

不，應該說是總算知道了才對。

他這下才知道，一般而言，半獸人這個種族不會只顧著戰鬥。

他這下才知道，一般而言，戰鬥結束後會帶女人回去性侵。

他這下才知道，戰爭結束之際，曾和他並肩作戰的戰士們當中，沒有任何一個是處男。

事到如今他也說不出口了。

他不敢說自己沒有經驗。他不敢說自己是處男。

他知道得實在太晚了。如果還在戰爭期間，事情就會不一樣了吧。

他只要像平常一樣擊潰敵方部隊，隨便將留下來的女兵帶進樹叢裡，華麗地脫處就好了。然後在多練習個幾次之後，等到碰上讓自己有感覺的女人，就帶回去讓她生一兩個小孩就可以了。

但現在不行了。

半獸人加入的七種族聯合是戰敗方。

半獸人自然也接受了談和。

他們簽下可說是無條件投降的條約。

而且，那個條約當中有「禁止與其他種族發生非合意之性行為」這麼一項。

換句話說就是禁止強姦。

這個條約能說是理所當然，可是對於半獸人來說是難以置信的事情。

禁止了這種事情，半獸人便無法繁殖。這樣不就只能等著滅族了嗎？

但他們也只能硬吞。

硬吞總比現在立刻滅族來得好。

立刻滅族還比較好。我們應該戰到最後一兵一卒……這種意見也不是沒有，不過被半獸人王硬是壓了下去。

所幸其他種族把死囚和重罪犯當成「服務員」送給半獸人，讓他們不需要擔心因為無法繁殖而消滅。這裡所謂的「服務員」，是指被綁在繁殖場裡，得和半獸人行房的人。至少在還能夠生小孩的期間內，都必須不斷生產半獸人的小孩。

所以說實在的，霸修想脫處的話隨時都辦得到。

只要去繁殖場，用一下「服務員」就可以了。簡單得很。

使用「服務員」的優先順序是依照戰爭中的功績而定，如果是霸修根本不需要等。立刻就能脫處。

不過，一旦霸修去了繁殖場，其他人也會大舉湧現吧。

大家都覺得今天可以看見「英雄」那雄赳赳氣昂昂的交配。

……但用不著說，處男的交配怎麼可能威猛得到哪裡去。

他辦得到的，只有經驗不足、笨手笨腳、上不了檯面又滑稽、以半獸人而言只有處男表現成那樣才能被接受的水準，丟臉到不行的交配。

是的，他要在半獸人的國家脫處，就等於是讓自己還是處男這件事情曝光。

對於霸修而言，這是必須避免的情況。

他不能讓這種醜事外揚。

一方面固然是因為這對一個男人來說很丟臉，何況霸修是半獸人的英雄。

英雄一向只有一個。享譽全國，尊爵不凡。要是半獸人的英雄是處男這個消息傳了出去，半獸人這個種族整體的尊嚴都會受損。霸修是處男這件事，是必須隱瞞一輩子的事實。

話雖如此，他也不打算一輩子保持處男之身。

霸修也是年輕的半獸人。

想要推倒女人，在對方體內解放自己的獸慾，讓她懷上自己的孩子，他也有這種強烈的欲求。

不只是這樣。

強大的戰士也有留下子嗣的義務。

半獸人王也強烈要求霸修，要他趕快去繁殖場搞大女人的肚子留下子嗣。

唉，可是被發現是處男的話太丟臉了。

對於半獸人而言，保有處男之身是非常丟臉的一件事。

霸修固然是處男，儘管如此，他也有身為半獸人英雄的驕傲。

他一點也不想讓那些在酒吧對自己投以羨慕目光的年輕半獸人失望。

被夾在兩種情緒之間左右為難，讓霸修煩惱不已。

戰爭結束後這三年來，他一直都在煩惱。

然而，二十八。

霸修今年已經二十八歲了。

再兩年，他再保有處男之身兩年的話，就會來到能夠使用魔法的年紀。

半獸人即使沒經過特殊訓練，只要在迎接三十歲時仍是處男，就可以使用魔法。

半獸人法師是貴重的戰力。

對多半都是戰士的半獸人來說，光是能夠使用魔法就已經彌足珍貴了。

他們是在與女人隔絕的特殊環境下成長，等到能使用魔法之後，額頭上就會浮現徽紋。

具有那種徽紋的人基本上會受人敬重。

因為這證明了那個人為了為國貢獻，忍耐了三十年。

不過，這完全是半獸人法師的狀況。半獸人戰士有那種徽紋被稱為無上的恥辱。

「魔法戰士乃半獸人之恥」，自古以來便有這樣的格言。

對半獸人而言，在戰場上打倒女兵，和把女兵帶回來強姦可以畫上等號。換句話說，半獸人的魔法戰士，指的是「上戰場長達十幾年，怯弱到一次也沒有打贏的膽小戰士」之意。

簡直是活受罪。

與其任受這般恥辱，不如在戰場上壯烈犧牲。

無論如何，距離那個年紀還有兩年。

即使不說，自己是處男這件事到時候也會穿幫。

「好。」

於是，他下定了決心。

◇

這一天，霸修一醒過來，便拿起自己的愛劍。

經過精心整修的這把劍，是他在上戰場第六年，在戰場上成功營救惡魔族的部隊時，惡魔族的將軍送給他的謝禮。

是一把厚實又堅固，不會生鏽，銳利度永不減弱的魔法劍。

多虧這把劍夠堅固，在那之後，霸修未曾失去武器，而得以一直奮戰到最後。

是他名副其實的最佳搭檔。

霸修揹起這樣的一把劍，穿上皮甲。隨著階級的提升，半獸人才會獲准穿上堅固的重防具。

身為英雄的霸修，是可以裝備最上級的防具，也就是金屬製的全身鎧沒錯，但他穿的還是自己最熟悉的輕鎧甲。

他甚至覺得，鎧甲這種東西反正只要戰上一整天就會壞了，就連穿上也是白搭。

之後，他稍微打掃了一下家裡。

擅長打掃的半獸人意外地多。因為在戰場上，有時非得面對必須消除自己蹤跡的狀況。優秀的戰士，別說蹤跡，連一個腳印都不會留下。

霸修也很擅長打掃。

話雖如此，霸修並沒有徹底打掃到多乾淨的打算。

隨便整理了一下後，霸修走出家門。

「……」

走出家門之後，霸修轉過頭去，抬頭看了一眼。

霸修的家，在半獸人的國家是第二大的房屋。

但是，這個家，霸修一個人住起來太大了。

照理來說，這個家應該每天都有大批訪客上門，連日連夜大擺宴席，大家一邊喝酒一邊聽霸修的英勇事蹟才對。

然而，霸修一心一意只想隱瞞自己是處男的事實，根本不允許這樣的宴席發生。

因為要說英勇事蹟，就必須提到女性經驗才行。

霸修轉身，開始走上通往目的地的道路。

「啊，是霸修先生……」

見到霸修走在路上，半獸人戰士們紛紛紅著臉讓路。

平常這種時候半獸人戰士應該說「讓路？想叫我讓路就試著殺了我啊。不過在那之前，你的腦袋和身體會先分家」才是正常反應。

「『英雄』今天也好帥啊……」

「照那個方向看來，他要去族長那裡嗎？不知道要談什麼？」

「該不會是接任族長的事情吧？」

「咦～霸修先生要當下一任族長嗎～！要這麼讚嗎？真的太讚了吧！我一定要第一個發誓效忠霸修先生。」

「你白痴啊……第一個當然是我才對吧？」

霸修一邊聽著這樣的聲音，一邊抵達一棟巨大的建築物前面。

以巨大的骨頭與巨木混搭建造而成，是半獸人的國家當中最為巨大的建築物。

走進去能看見裡面是巨大的廳堂，並且燒著許多篝火。

大廳的最裡面，有幾名半獸人坐在地板上一起用餐。

「霸修先生……！」

「老爸，霸修先生來了。」

「霸修先生，要不要一起吃飯？」

席地而坐的那些人紛紛開口歡迎霸修。

他們和霸修年紀相仿，卻也無一不崇拜霸修。

在霸修剛開始活躍於戰場上時還有一些討厭他的人，但如今任何人都想向霸修看齊。

霸修是半獸人們的英雄。

「霸修啊……」

而有個人在這樣的情境下瞪著霸修。

是個巨大的半獸人，坐在最深處、室內唯一的一張豪華椅子上。

那位蓄著白鬚的初老半獸人，身形將近霸修的兩倍大，身旁擺著一把與身高差不多的鐵鎚。

他的名字是涅墨西斯。

半獸人王涅墨西斯。

個性剛毅而蠻勇。直到戰爭將近結束之際都還在前線戰鬥，是半獸人中的半獸人，所有半獸人都仰其為父，更是半獸人之王。

霸修也尊敬他，發誓效忠他。

「你有什麼事？」

涅墨西斯的視線非常強而有力。

他的眼力之強，尋常的半獸人被瞪一眼就會口吐白沫而昏厥。

「……」

然而，霸修不為所動。他只是在眼中燃起決心之火，同樣看著涅墨西斯。

或許是因為他的心火逼人吧，涅墨西斯輕輕笑了一下。

「兒子啊，你們迴避一下。」

然後，涅墨西斯叫在身邊吃飯的兒子們退到別的房間去。

兒子們各自拿起自己在吃的東西，也沒抱怨，就此退席。

王與英雄的對話。雖然想聽得不得了，但他們也是在戰爭中奮戰到最後的半獸人戰士。

既然是命令就要遵守，這是戰士的鐵則。

儘管表現得依依不捨，他們還是直接走向屋外。

「……」

只剩他們兩個之後，霸修在涅墨西斯的正對面坐下。

兩人之間放著幾道吃到一半的菜餚，但雙方都沒有動手。

「……」

「……」

兩人就這麼默默注視著彼此好一陣子。

沉默持續了許久，久到不像是說話的時候喜歡大聲嚷嚷的半獸人該有的表現。

不過，沉默並沒有永遠持續下去。

在篝火啪吱作響的同時，涅墨西斯開了口。

「看你的眼神，想必是心意已決了吧。」

「是的，我……」

「用不著明說，我都知道。」

正當霸修準備說出他的決心時，涅墨西斯打斷了他。

「畢竟，你幾乎不曾去繁殖場露臉這種事情，我早就聽說了……」

涅墨西斯以銳利的眼神看向霸修，同時說道：

「你要去找妻子對吧。」

「！」

半獸人社會是亂交社會。

多人共享一個女人，讓女人生下許多小孩才是常態。

然而，為了留下少數的優秀血統，在戰爭中立下功績的戰士可以獲贈娶妻的權力。

妻子，也就是自己專用的女人。

照顧自己的生活起居，並且只為自己生小孩的人。

獲得這樣的一個人，說是半獸人人生的終極目標也不為過吧。

所謂的妻子，就是這麼特別。

只有少數半獸人能夠獲准擁有，就像勳章一樣。

因此要的更是極品女子。比方說，是美冠全國的美麗公主，或是以女流之身爬到騎士團長之位的女騎士，又或者是人稱千年一遇的天才的女魔術師。

逮到諸如此類的特別女人，使之屈服，娶其為妻。妻子越是特別，越是能彰顯身為丈夫的半獸人的地位。

霸修是足以名留半獸人史的英雄。

要當霸修的妻子，就必須是與他相襯的女人。

被綁在繁殖場的那些別國的重罪犯和奴隸自然不夠格。

不如說，身為英雄的霸修如果上了那種程度的對象，甚至有損半獸人族的尊嚴。

正因為如此，霸修才說要自己去找。

為了避免損及半獸人族的尊嚴。

以上，是半獸人王的想法。不，他早就看穿了。半獸人族的任何人，都會讚頌他慧眼獨具吧。

實際上是有眼無珠就是了。

「果然瞞不過您……是吧……」

自覺羞恥的霸修低下頭去。

他滿臉通紅。沒想到，這件事早就被半獸人王發現了。半獸人王早就發現他還是處男之身了。

而且不僅如此。半獸人王還拋出妻子這兩個字。

他原本是想離開半獸人的國家，隨便找別的地方偷偷脫處；可以的話第一個對象最好是處女；他還打算娶那名處女為妻瘋狂練習……這一切的一切全都被半獸人王看透了。

這教他怎麼可能不覺得羞恥。

身為半獸人英雄的人，居然要帶著這種處男度破表的想法踏上旅程。

而且，這種事還被足以稱為全半獸人之父的人知道了。他即使被罵是丟盡全半獸人的臉也不足為奇。

不過，實際上涅墨西斯完全不知道他的任何祕密，但霸修也是半獸人……是會讚頌半獸人王慧眼獨具的人之一。

「半獸人王，請不要阻止我。我……」

「我不會阻止你。」

涅墨西斯舉手打斷了霸修半帶辯解的話語。

然後他露出自嘲的笑，像在忍耐什麼似的閉上眼睛，開了口。

「你去就是了。我會瞞著大家。」

涅墨西斯總是覺得很過意不去。

如果至少還是在戰爭期間，或是至少沒有「禁止與其他種族發生非合意之性行為」這項條約的話，他還能夠以族長的身分給霸修找到妻子的機會。

還能給英雄一個合乎身分的生活。

但現在戰爭已結束，條約也存在。

在這樣的狀況下，想找來一個足以成為妻子的極致女人，可謂難如登天。

半獸人用強姦以外的方式娶回女人，這種事在戰爭開始以來的五千年當中……終究沒有出現過前例。

簡直就是考驗。霸修給自己找了一個嚴苛的考驗。果然是英雄。

半獸人的英雄，為了表示自己是英雄而踏上考驗之旅。

明明可以在自己的國家過著悠然自得的生活，卻自願踏上旅程。

他打算藉此證明，即使在戰爭中落敗，半獸人依然沒有失去尊嚴。

阻止他這種壯舉，還稱得上是王嗎？

「……感謝您。」

霸修平靜地低下頭。

即使現在已經成為英雄，人稱最強的半獸人，他還是不覺得自己能贏過王。

力氣或許是自己比較大。

要是打起來，大概也是自己會贏。

可是，王能夠瞬間看穿他的想法和膚淺的念頭，卻完全沒有嘲笑他的意思，還給他挽救名譽的機會與時間。如此深思熟慮，如此為部下著想、體恤他人的半獸人，再也找不到第二個了。

（他才是名副其實的半獸人王。最有資格冠上王之名的男人。我要發誓效忠這位大人，直到他死去為止。）

霸修再次確認了這樣的心情。

◆

如此這般，霸修踏上了旅程。

為了捨棄處男之身的漫長旅程……

2. 妖精

霸修走在森林當中。

豎立著堅硬又尖銳的樹木的茂密森林，林中沒有道路，只有偶爾穿過眼前的獸徑。

凡人走過恐怕會遍體鱗傷的樹叢，對半獸人堅硬的皮膚卻不算什麼，長年在戰爭中培養出來的直覺也讓他不至於失去方向感。

他要去的是東方。

位於半獸人國旁邊的智人國。

智人在四個戰勝國中是戰功特別彪炳的一族，所以現在擁有的領土也最大。半獸人國的領土也幾乎都是被智人拿走的。

當然，半獸人對這件事並未有所怨懟。因為贏家全拿是戰鬥的常識。

他為什麼要去智人國。

其中有個簡單明快的理由。

「要繁殖先找智人」。

這是半獸人的格言之一。

智人的繁殖力強，很容易受孕，雖然有個別差異但基本上身體也很健壯，外貌也不差。

對半獸人來說是非常適合用來繁殖的種族。

霸修毫不猶豫地遵守了這個格言。

（好懷念啊……）

一邊撥開樹叢一邊前進的同時，霸修回想起往事。

僅僅三年以前，這片森林還是激戰區。

現在已經沒了，不過這片森林的深處有半獸人族最後的城寨，智人的主力為了攻陷那座城寨而發動了猛烈的攻勢。

當時，霸修為了守住那座城寨，在這片森林中來回奔波，到處擊潰人類的部隊。

也因為有他的奮鬥，城寨並未遭到智人攻陷，最後迎接了戰爭結束的那一刻。

然而，那座城寨最後也在戰爭結束的同時被拆毀。

在那場戰鬥中，霸修擊潰的智人部隊數量多達三位數。

其中也有許多女兵。

要是有帶回其中幾個的話，霸修應該早就不是處男了才對。

如此一來城寨可能早已淪陷，但反正最後都會被拆毀，應該也是一樣的吧。

不過說來諷刺。

如果事情真的變成那樣，霸修或許也不會得到英雄的稱號……

「嗯？」

正當霸修針對自己過去的行動而辯證對錯時，他聞到一股微弱的血腥味從遠方飄來。

或許是哪裡有受傷的動物。

又或者是狼群在爭地盤吧……

「去看看好了。」

霸修毫不遲疑地如此自言自語並衝了出去。

這不只是單純的好奇心。他是打算確保食物。

捕捉動物並非簡單的事，但若是受了傷體力也下滑得比較快，還在流血的話更能夠靠血腥味輕鬆追蹤。受傷的野獸有時會劇烈抵抗，但對於霸修而言，那種抵抗算不了什麼。

戰爭中，他也有過好幾次經過一番搏鬥而抓到受傷動物的經驗。

「……」

霸修如同一陣疾風似的在森林裡奔馳。

一般認為半獸人動作遲鈍，但這個特質無法套用在他身上。

霸修有著號稱全半獸人最快的飛毛腿。

同時，堅韌的皮膚讓茂密的樹叢和突出的枝葉完全傷不了他，鋼鐵般的肉體讓他在有著大量障礙物的森林當中也無須減速。

霸修以快得不得了的速度趕往現場。

◆

在霸修抵達的時候，戰鬥已進入佳境。

現場是僅有車轍的狹窄道路，一輛斷了車輪的馬車翻覆在路旁。食物和日用品散落一地，馬的屍體也躺在地上。

還站著的是兩名智人。兩人拿著劍與敵人對峙。

包圍著智人的是一種用雙腳走路，外型似熊，名為熊地精的魔獸。

熊地精有六隻。

（一群熊地精襲擊了旅行商人……看來是這麼回事吧。）

看了現場的狀況，霸修做出這般結論。

這不是什麼罕見的狀況。戰爭結束了幾年，世界固然變得和平了，可是會襲擊人類的野獸並未絕跡。只要踏出城鎮一步，等在外面的就是弱肉強食的世界。

「……！」

「咕嚕嚕嚕嚕！」

從樹叢當中沙沙作響地現身的霸修自然吸引了熊地精的注意。

其中三隻繼續盯著兩名智人，剩下三隻則轉向霸修這邊，渾身毛髮倒豎，出聲低吼。

霸修沒有停下腳步，瞪著那群熊地精。

接著更立刻放聲大吼。

「咕啦啊啊啊啊啊喔喔喔喔喔！」

戰吼。

那是半獸人在開始戰鬥時會發出的一種吼叫聲。

戰吼隨著物理性的振動，傳遍整片森林。接著鳥類同時從林木上飛起，熊地精們的皮膚也為之一震。

「嗚……」

光是這樣，就讓牠們理解了。

牠們絕對贏不了眼前的半獸人。

喪失了戰意的牠們夾起尾巴，轉眼間就逃進森林裡去了。魔獸在任何時候，對強過自己的對象的氣息都相當敏感。

「好了……」

霸修確認熊地精的氣息遠去之後，才看向留在現場的兩名智人。

（喔……這個有意思……）

臉色蒼白，手拿著劍，雙腳止不住顫抖的那兩個人——是女性。

雙方的年紀看起來都是三十歲多一點的樣子。

臉色雖然不太好，體態倒是很健康，不算太差。要找智人當老婆的話，一般都說是十幾歲後半或二十幾歲比較好。年紀再小的話還沒辦法生小孩，年紀再大的話生小孩的次數就會變少。話雖如此，三十多歲也不是不行。因為最主要還是能生小孩就好。

（她們頗有姿色呢！）

老實說，即使比照半獸人的普遍價值觀，她們也不算是多有姿色的美女。

雖然這麼說，但霸修也沒見過多少女人。

不，他確實見過不少女人，但在這麼近的距離之下，以評鑑的眼光看女人倒是頭一遭。

第一次像這樣仔細端詳雌性智人，讓他覺得對方看起來秀色可餐。

她們是第一次遇見的老婆備選人。

霸修看著她們兩個好一陣子後，下定決心向她們搭話。

「咳咳。妳們……幫我生孩子吧？」

對於半獸人而言這是普通的求婚台詞。

「呀啊啊啊啊啊啊！」

「要被性侵了——！」

轉眼間。

她們的動作之快，令人懷疑她們剛才在那邊發抖是什麼意思。

兩個女人拿著手上的劍，丟下其他東西，有如脫兔般拔腿就逃。

霸修連想追上去也辦不到，維持著伸手的姿勢僵在原地。

「……為什麼？」

被拒絕也就算了，他完全不懂她們有什麼理由逃跑。

明明自己還救了她們……

「真搞不懂……」

話雖如此，他也認為自己明白事情不會太輕鬆。

不可能一開始就找到妻子。霸修轉念這麼想，轉過身去。

他打算依照當初的計畫，前往智人的城鎮。

「嗯？」

這時，霸修敏銳的耳朵捕捉到某種聲響。

是一陣「叩叩」的敲打聲，聲量相當微弱。

霸修將手靠在耳邊，開始尋找聲響的來源。

聽得見這種輕微的聲響在戰爭中相當重要。

當獸人的奇襲部隊在新月的夜晚壓低腳步聲靠近時，要發現牠們就只能夠靠耳朵和鼻子。

「這邊嗎？」

那個聲響是從馬車裡傳出來的。

車輪已經碎裂，翻覆在地上的馬車。霸修順著那個聲響，開始翻找馬車裡的東西。

「……」

馬車裡面沒什麼了不起的東西。

大概是那兩人平常就在吃的乾貨類食物及莫名其妙的日用品，都是些諸如此類的東西。

也沒有武器防具類的東西。

如果載了女奴隸至少還聊勝於無……霸修不禁這麼想。

「嗯？」

2.妖精

這時，霸修敏銳的耳朵再次捕捉到輕微的敲打聲。

看來，他似乎看漏了什麼東西。霸修將層層疊疊有如瓦礫堆般的日用品一個個搬開來。

搬開幾個大型日用品後，他看見微弱的光芒從縫隙中透出。

看見那熟悉的光芒，霸修輕輕地嘆了口氣，將手伸進日用品的間隙當中。

他挖出一樣東西，是個週長約如環抱的瓶子。

瓶口拴著一個堅固的鐵蓋，蓋子上緊緊貼了一張畫有魔法陣的封符。

瓶子裡則是裝了一個小人。

大小大概三十公分左右，全身上下微微發著光，背上長著兩對小小的翅膀。

是妖精族。

「你是……」

妖精看見霸修的臉孔後一臉驚訝，嘴巴忍不住開闔。

看來，那張封符不但讓他出不來，連聲音都發不出來。

霸修用手指摳掉貼在蓋子上的封符，然後憑蠻力將鐵蓋應聲打開。

就在那一刻，妖精以驚人的速度飛出瓶子，高速繞著霸修身邊轉圈圈，最後黏在霸修的臉上。

「老大～！好久不見～！」

霸修用指尖將那隻貼在他的臉上，把自己的臉貼上來蹭個沒完的妖精掐住，從他的臉上撕下來。

儘管被指尖掐住了，那隻妖精依然像是在表示歡迎似的展開雙手，打算抱住霸修。

「哎呀，老大～幸好有你來救我～！我本來還以為自己會就這樣一輩子被關在瓶子裡呢～！不僅如此，要是老大沒有救我的話，我這輩子可能就因為被壓在行李底下而結束了！真是的～老大總是會救小的我一命呢～！咦？老大？你怎麼了，為什麼是那個臉啊？難不成，你把小弟在下我給忘了嗎？」

「哪忘得掉啊。」

霸修和他認識。

這個妖精的名字叫捷兒。本名又臭又長霸修根本不記得，只記得自己是叫他捷兒。

在戰爭期間，妖精族和半獸人族建立起合作打法。

妖精族的飛行速度非常快，身上掉下來的粉末具備治癒傷勢的力量，可是身體嬌小，攻擊手段也只有風魔法，十分脆弱。以士兵的身分而言並不是能夠有所表現的種族。

於是，妖精族便以傳令兵、諜報員、補師的身分和半獸人國建立起合作關係。

捷兒是被派遣到半獸人國的傳令兵兼諜報員的妖精之一，常帶命令和情報來通知霸修。

順道一提，妖精族之所以加入惡魔族率領的七種族聯合，是因為受到智人的欺凌。

2.妖精

妖精這個種族，在智人國被當成觀賞動物兼治療藥，交易金額相當高昂。

戰爭結束後，妖精與智人簽訂了互不侵犯條約。

然而，現在依然有像妖精這樣被抓起來，被畜養到死。

戰爭後，被欺凌得最為嚴重的或許就是妖精了吧。

「話說，老大，你是怎麼知道我被抓住的啊？」

「不知道。這是碰巧。」

「碰巧……？」

霸修鬆開手指，捷兒便高速飛到馬車外，在附近到處看了一圈。

問人不如親眼見識。或許是偵查兵的習性吧。

然後，他一確認馬成了屍體，便以超高速飛了回來，拉著霸修的耳朵說：

「等等等等！老大！這樣不行啊！你怎麼可以攻擊智人的馬車呢！這樣是違反條約啊！違反條約！」

「攻擊的不是我。他們是遭到熊地精攻擊。」

「就算你這麼說也沒人會信啊！看到壞掉的馬車，附近又有半獸人在的話，頭腦簡單的智人一秒鐘就會認定是『半獸人破壞了馬車』啦！好了，我們要趕快離開這裡！要是被別人看見這一幕，智人馬上就會組織討伐隊，發起包圍殲滅作戰了！」

要戰便戰，求之不得。

霸修是很想這麼說，但他接下來還打算去智人國找老婆，事情變成那樣的話可就不太好了。

「啊，你看！」

這時，他們兩個的耳朵捕捉到的是金屬鎧甲互相摩擦而發出的喀嚓聲。

在戰爭中不知道聽過幾次的，智人士兵集體進行作戰行動時會發出的聲響……

霸修情急之下躲進了樹叢。

像霸修這麼強的戰士，若敵軍不算太多，即使大搖大擺地與之正面交鋒也能打敗對方。

但在狀況不明朗的狀態下進行戰鬥，不見得能保證是導向勝利的途徑。

霸修的目的是得到智人為妻。

而且還是要找年輕的處女來脫處，經過反覆訓練而練就壓倒性的技巧，再回到半獸人國。這才是他要的勝利。

和智人士兵交戰、起爭執並不能導向勝利。這種道理連小孩都懂。

因此霸修決定躲到遠離現場的地方去，觀察狀況。

不即不離，在恰到好處的位置觀望戰況，有時也是必要的。

半獸人並不是只會沒頭沒腦地顧著突擊，而且霸修是「半獸人英雄」。是懂得明辨事理的男人。

「……沒有！……半獸人……了！」

「……找出來！要是他敢抵抗……殺了他！」

雖然只能聽得斷斷續續，但這番對話也夠危險的了。

看來對方已經認定這次襲擊是半獸人搞出來的，顯得震怒不已。

不僅如此，發號施令的人似乎還很年輕，聲音很高。

霸修自己也有經驗，年輕人的指揮很多時候都過於莽撞。如果在對方認定這是半獸人攻擊的狀況下現身，不難想像會立刻開始戰鬥。

「老大，怎麼辦？要動手嗎？」

演變成戰鬥的話，霸修是能輕鬆打垮對方。

可是，霸修是半獸人族的英雄。以霸修這樣的身分若是殺了智人的士兵將是一大問題，屆時恐怕還會殃及半獸人國。

他是忍辱負重才出外旅行。他不希望在這樣的狀況下給國家添麻煩。

「不，現在還是退一步吧。」

「收到。」

霸修的話語讓捷兒點了頭，兩人便離開現場。

◇

「所以，你為什麼會被抓住？」

充分遠離馬車之後，霸修開口詢問捷兒。

捷兒應該在戰爭結束的同時就回妖精國了才對。

智人確實在覬覦妖精，但妖精國四面都是斷崖絕壁，智人想靠近沒有那麼容易。

即使有方法能接近，捷兒在妖精當中也是以頂級的速度著稱，應該不會被尋常人類抓住才對。

「哎呀～事情是這樣的啦。妖精國那個地方基本上無聊得很。你也知道，或許看不出來，但我其實是個好奇心旺盛的冒險家。所以為了尋求未曾見過的事物——」

「夠了，我都知道了。」

「老大果然厲害，聞一知十是吧。」

八成是因為太無聊而離開妖精國，在花圃還是哪裡玩到渾然忘我的時候被發現了，結果就不小心吸了迷魂藥還是什麼的，或者是中了睡眠魔法，最後就被抓住了……大概就是這樣吧。

妖精這種活在當下的生物被笨拙的智人抓住的經過大致上都八九不離十。

「哎呀～不過我居然可以在這種地方和老大重逢呢。我真是太有福氣了。」

在霸修身邊到處飛來飛去的捷兒這麼說道。

妖精是很活潑的種族，最喜歡惡作劇。最有名的特色，就是情緒越激動越喜歡胡亂動來動去。

「話說回來，老大又是為什麼會出現在這種地方？我聽說老大在半獸人國得到英雄的稱號啦。啊，恭喜老大獲得英雄的稱號！然後，在半獸人族說到英雄，不就是僅次於族長的大人物嗎？我還以為老大早就集所有半獸人的尊敬於一身，過著毫無匱乏的彩色人生了呢。」

「……」

「難不成，是遭人嫉妒、受人陷害了嗎？有人殺了族長又嫁禍於你，害你只能連夜逃離故鄉……悲劇啊！老大要報仇的話我可以幫忙！我陰險的刀刃將劃開敵人的喉嚨！」

「半獸人不會嫉妒我。族長也還安好。」

沒有任何一個半獸人會嫉妒號稱英雄的同胞。

號稱英雄的人，必定達成了相應的豐功偉業。

半獸人只會尊敬這種人，怎麼可能嫉妒。當然，排除這種特例的話，半獸人也不是不會嫉妒的種族。

「那是為什麼？」

霸修閉口不提。

這是一趟脫處之旅，這種話就算撕爛他的嘴他也說不出口。即使對方是戰友，事情還是有說得出口與說不出口之分。

「沒關係，老大不想說的話我無所謂喔。可是，無論是在戰爭中還是剛才，老大不知道救了我多少次。老大還記得嗎？我們第一次見面的時候。我被智人的士兵抓住，對方還說『製造鱗粉不需要手腳』什麼的，而老大就在我陷入窮途末路的危機時瀟灑現身，說『下地獄不需要手腳』，把智人的手腳全部扯了下來！哎呀～那一幕實在是痛快極了……真的讓我傾心不已！從那天開始我就決定要一輩子跟隨老大了！總之事情就是這樣，可以的話我想為老大盡一份心力！粗魯的老大懂不懂我們妖精這種纖細又堅強的心情啊～」

霸修隨手將在他眼前俐落地擺出堅強姿勢的捷兒揮開，同時思考著。

仔細想想，霸修對半獸人以外的種族的知識相當貧乏。

說到他知道的事情，頂多就只有哪個種族適合繁殖、哪個種族不適合而已。

相對地，捷兒一方面因為原本是傳令兵兼諜報員，對於許多種族的生活習慣都很清楚。收集情報也是捷兒的強項。對於今後的活動，他肯定會成為助力。

「……我在找妻子。」

「妻子……是吧。」

捷兒不再到處亂飛，定住不動。

接著就這麼目不轉睛地看著霸修的臉，像是在思考什麼。

霸修還以為自己是處男這件事會穿幫，便別開視線。

好一陣子沒動靜後，捷兒「砰」地敲了一下手。

「因為妻子對於半獸人而言是很特別的人嘛！像老大這樣當上英雄的人物，娶個妻子也不足為奇。可是以半獸人國現在的情勢而言，要幫老大找到滿意的妻子根本不可能。所以老大才親自踏上尋找老婆的旅途……就是這樣對吧！」

「嗯……差不多就是這樣。」

捷兒的見解和半獸人王幾乎一樣。

知道霸修這號人物的人，想法差不多都是這樣。

號稱「慧眼的捷兒」果然不是蓋的。當然是他自稱的就是了。

「這樣啊……老大要找老婆啊……如果不是妖精，我現在就想毛遂自薦了說～」

妖精的身體非常嬌小。

理所當然地，也無法和其他種族繁殖。再說，妖精這個種族隨便到甚至連雌雄的區別都若有似無。雖然也是因為這樣才讓他們和半獸人建立起共同戰線……總而言之，作為妻子他們並不合格。

「好～！」

捷兒露出沉思的表情好一陣子，最後用力拍了一下胸脯。

「我明白了！既然是這樣就包在小的我身上吧！現在這種世道，想當半獸人妻子的女人或許是很少沒錯……不過別擔心，憑老大的條件，一下子就可以找到十幾二十個妻子了！畢竟就連我都想當了！」

霸修也非常清楚捷兒在戰爭中有多能幹。

他願意不顧危險闖進敵陣，帶回貴重的情報，而且不只一次。

他收集情報的能力，在妖精當中也是數一數二。然而，他被敵人逮個正著，差點遭到殺害的次數也相當多，這一點霸修也很清楚……

現在已經不是戰爭時期了。只是要找妻子的話，幾乎沒有危險。

借助他的能力應該也不成問題吧。

「既然你都說成那樣了，就交給你好了。」

「包在我身上！既然如此，我們趕快去鎮上吧！這種森林裡面既沒有美女也沒有美少女！走吧走吧！」

如此這般，霸修與他的戰友捷兒重逢了。

2.妖精

半獸人與妖精。

兩人就這麼一路朝著智人的國家前進。

3. 要塞都市克拉塞爾

要塞都市克拉塞爾。

數百年以來，這個城鎮都是智人與半獸人的戰爭前線。

建築物幾乎都是石砌結構，鍛造的黑煙從各地竄出。

縱使人數已經沒有戰時那麼多了，但比起商人和鎮民，還是神情剽悍的士兵比較醒目。

城鎮位於稍有高度的山丘上，有兩層城牆環繞。

城牆內側設有大砲和投石機，鎮上到處設有瞭望臺，能將過去是半獸人族土地的森林看得一清二楚。

果真是名符其實的要塞。

半獸人與智人的戰爭，也能說是數度彼此爭奪這座要塞都市的戰鬥。

在這幾千年間，半獸人不知道搶下這座要塞都市多少次，也不知道被搶回去多少次。

智人陣營也是拚了老命。這座要塞一旦被搶走，國土就會遭受半獸人蹂躪。男人會被殺害，女人會被帶回去當成繁殖用的奴隸。智人非常了解這一點。正因為如此，即使是戰爭已

3.要塞都市克拉塞爾

然結束的現在，他們仍不忘對半獸人保持警戒。

然而，戰爭也教了智人不少事情。

像是半獸人並非單憑性慾行動的怪物，是因為繁殖上需要其他種族才攻擊其他種族。

他們有著獨特的規則，重視獨特的榮譽。

還有，若對這一切都有所了解再進行對話，談判也是行得通的。

多虧智人學到了這些，他們才能夠成功與半獸人議和。

在認同半獸人也是重視榮譽的戰士這個前提下，派出智人當中能力也特別獲得半獸人認同的女騎士與半獸人談判，使半獸人認知到「其他種族的女人當中也有戰士，她們同樣重視榮譽」這件事，讓他們締結了「禁止與其他種族發生非合意之性行為」的條約。

但是，光是這樣只會讓半獸人走向滅族一途，因此智人從全國匯集了女性重罪犯，讓她們去半獸人國從事「服務活動」，藉此讓半獸人徹底失去抗戰到底的理由。

多虧這些措施，現在的局勢已經相對安定，雖然規模不大但貿易也已經開始了。

然而，智人當中，還是有不少人認為半獸人是不具備理性的怪物。

無知的人在任何種族當中都存在著一定的人數。

再說，戰爭結束也不過是短短幾年前的事。心中對半獸人有私人恩怨的人也不在少數。

事實上，半獸人中也有一些不法之徒在被流放到國外後，輾轉進入智人之國襲擊他人。

因此，對半獸人保持警戒並沒有錯。

「可是，沒想到我們得花上那麼多時間才能進入城鎮呢。」

「是嗎？智人的城鎮不是到處都像那樣嗎？」

距離霸修抵達克拉塞爾已經過了大約三小時。

其中一個小時，是花在和入口的門衛的爭執上。

門衛只因為他是半獸人就怕得拿長槍指著他。

要不是有捷兒居中調解，仔細說明霸修是旅人而非危險的流浪半獸人，他大概進不了城鎮吧。

門衛似乎一直到最後都很排斥放半獸人進入城鎮，但最後還是讓霸修通過大門。智人國有法律規定應該樂意接待旅人，卻沒有法律規定不可以讓半獸人進入城鎮。

「女人很多呢。」

「因為是智人的城鎮嘛。」

霸修從旅社的窗戶看著路上來往的行人，對於行人當中的女人數量感到驚奇。

即使在戰爭當中，他見過如此大量的女人的經驗，也只有在和魅魔的軍隊並肩作戰的時候。

話說回來，「魅魔是女人」這句話有點語病就是了……

至於走在路上的女人，她們則是在看見從旅社窺伺的霸修便大驚失色，快步離開。

「有這麼多女人的話，就能任我挑選了吧。」

「啊，不行喔！老大，你看一下那個智人的左手無名指。」

被這麼一說，霸修注視著女人的左手。

手上戴著某種閃閃發亮的東西。

「嗯？她戴了戒指啊。」

「那是她已經結婚的證據。智人基本上是一個男人和一個女人配成一對，所以你找那種的當目標也是白搭。」

「大部分的女人都戴了戒指啊。」

「因為智人好像要結婚才會被認同是獨當一面的個人。無論是男是女。所以年齡到了一個程度後，好像所有人多半都會結婚。」

不同於半獸人，任何人都會娶妻結婚。

這種常識，讓身為半獸人的霸修有點不適應。

不過，大概是因為智人的男女比例差不多一樣才能這麼做吧。霸修轉念一想，立刻接受了。

不如說，既然女人對成為妻子沒有抗拒感的話，於他也是利多。

「所以，至少必須先找到沒戴戒指的女人再說。」

「我在來這裡的路上搭話的那個女人應該沒戴戒指才對？」

「啊……」

沒錯，霸修在抵達旅社之前已經挑戰過一次，看見女人想找她搭話的時候，對方已經放出慘叫逃之夭夭了。

甚至還沒正式進入「搭話」的階段。

光是霸修一靠過去，女人就已經驚聲尖叫了。

「看來，智人對半獸人還是留有很強烈的偏見呢。」

「是這樣嗎……？」

「他們都覺得半獸人全是一些看到男人就不分青紅皂白地亂打亂殺，看到女人就不分高矮美醜亂上亂留種的傢伙。」

「這倒是沒錯。戰爭中大家都是這樣。」

當然，現在這些已經被半獸人王所制定的法律給禁止了。

除了流浪半獸人以外，應該沒有哪個半獸人會不管三七二十一見到人就撲上去了吧。因為一般的半獸人無一不發誓效忠半獸人王，全都是重視榮譽的戰士。

不過，霸修也知道不是任何人都對半獸人懷有偏見。

3.要塞都市克拉塞爾

一群衛兵聽見女人的慘叫趕到現場。

他們之中就有人沒什麼偏見，在兩人說明了原委之後貼心地表示「既然是旅人的話，總之先入住旅社比較好」，還介紹了自己推薦的旅社。

現在，兩人能夠在旅社裡歇息，可說是他的功勞。

「所有的智人對於戰爭中的半獸人是什麼樣子都還記憶猶新喔。往後幾年都還會只因為是半獸人就成為戒備對象吧。雖然我也沒想到會有人突然就逃跑。」

「我是戒備對象啊……的確，在見到你之前，我向女人搭話的時候，對方也逃走了。」

「是喔，順便問一下老大搭話的時候說了什麼？」

「幫我生孩子吧？這樣。」

聽他這麼說，捷兒便一邊說「哎呀～」，一邊扶額。

「這樣不行啦。」

「不行嗎？」

「聽好了，生產這件事對智人而言，是同時具有宗教意涵的重要儀式喔。」

「竟有此事。」

聽到儀式，霸修想起半獸人族內代代相傳的，對戰神祈禱的儀式。那是一年只會進行一次的儀式，是決定隔年戰鬥的吉凶的重要儀式。

半獸人之中，沒有任何人會輕視那個儀式。

「而且無論是結婚還是生產，基本上都只會和喜歡的人進行。面對一個第一次見面，根本沒什麼認識的對象，怎麼可能幫他生小孩呢？」

「原、原來是這樣……」

這是一次文化衝擊。

也難怪雌性智人多半都會厭惡和半獸人交配了。她們厭惡的理由並不是因為半獸人是敵人。而是因為半獸人蹂躪的不僅是智人的身體，甚至還有她們的宗教。

「所以，想取智人為妻的話，首先得讓對方喜歡上老大才行！」

這是偏見。

智人並非全都是戀愛結婚。然而在捷兒的知識當中，事情就是這麼一回事。

「嗯……可是，我對讓智人喜歡上我的方法一概不知啊。」

半獸人沒有戀愛這個概念。

女人是可以片面侵犯、使之屈服的生物。現在這個方式被禁止，又叫他要讓對方喜歡上自己，霸修完全不知道該如何是好。

「這個就包在小的我身上了！別看我這樣，對於智人我可是很了解呢！」

捷兒拍拍胸脯這麼說。

3.要塞都市克拉塞爾

專精在傳令與諜報方面的妖精確實對各個種族都相當了解。不只智人，對精靈族和獸人族也知之甚詳。

話雖如此，他們知道的資訊頂多就是戰術和習性、糞便的種類和腳印、夜間能否視物等關於戰鬥的項目。有關戀愛方面的資訊，捷兒知道的頂多就是從掉在路邊的雜誌和酒吧裡聊八卦的時候得到的一點皮毛罷了。

「太可靠了。這趟旅行才剛開始就立刻遇見你是天上掉下來的幸運。所以，具體而言我該怎麼做才好？」

「這個嘛～」

捷兒露出得意的笑容，並且用力站到桌子上。

他豎起一根手指，立刻開始教學。

「首先，智人女性很愛乾淨！身上髒兮兮的或是有臭味的話絕對不行！」

第一課：保持個人衛生。

「那麼，在去找女人之前得先沐浴了。」

「沐浴之後，再灑上和獸人交戰前用的那個就更好嘍。」

「那個啊……那個不是反而會變臭嗎？」

「你在說什麼啊！那是超級好聞的香味吧！」

霸修低頭看著自己的身體這麼說。

戰爭中，半獸人曾和各式各樣的種族交戰。獸人族也是其中之一，是一支鼻子特別靈敏的種族。

半獸人的強烈體味瞬間就會被發現，因此遭受奇襲或埋伏的事態不斷發生。

於是，半獸人便採取對策，在對付獸人的戰鬥之前沐浴，消除臭味，然後再灑上香水。

如此能夠以花草的香味掩蓋，干擾獸人的鼻子。

附帶一提香水是妖精製造的，現在也出口給智人和精靈。

「拿去，我的借老大用！」

「嗯。」

第二課：散發宜人香味。

香水那種甜膩的氣味，一般的半獸人都不太喜歡。因此，也有人不願意在對付獸人的戰鬥中灑香水。當然，那種人全都死了，毫無例外。

至於霸修就不一樣了。

他是在對付獸人族的戰鬥中存活到最後的戰士。

在黑夜之中襲擊而至的獸人族有多麼可怕，他非常地清楚。

他們可怕到讓人晚上也沒辦法好好睡覺。然而光是灑了香水，就能安心入睡。

因為至少在身上還有這種香水味時，就不會遭到獸人族的武裝偵查隊的奇襲。

「那麼，馬上就來沐浴吧！刷背的工作就交給我！」

捷兒在空中轉了一圈，然後一溜煙地飛到入口旁邊，用力敲門。

「老闆！老闆！我們老大要沐浴！麻煩送浴盆和水過來！」

捷兒如此呼喊後過了一會兒，房門微微開啟，老闆探頭進來，一副戰戰兢兢的模樣。

「半獸人會沐浴嗎……？」

「怎麼！半獸人不可以沐浴嗎！你們智人好像老是把半獸人當成又臭又髒的種族對吧？但只要是有點規矩的半獸人，來到智人的城鎮，至少也懂得顧慮智人的鼻子好嗎！」

「我知道了、我知道了。用不著那樣大呼小叫。我準備就是了。一枚銅幣。」

「好。」

儘管老闆一臉意外，在收下一枚銅幣之後便立刻去準備水了。

「好了，在水送到之前，我還有很多事情要教老大喔！」

「拜託你了。」

之後，霸修一邊沐浴，一邊學習妖精傳授的「迷倒智人的法則」。

「總之，只要遵守這些，幾乎肯定可以攻陷一個人吧。」

「保持乾淨、抑制異味、態度大方、說話……」

沐浴結束後，霸修一邊彎折手指，一邊反芻捷兒告訴他的法則。

他這個人很老實。老實到只要有人請他去當救兵，即使三天三夜沒睡他也會趕過去。

所以即使是個性隨便的妖精說的話，他也不會多加懷疑，照單全收。

「……」

霸修的動作突然停止。

因為霸修靈敏的耳朵突然捕捉到噪音。霸修豎耳傾聽，確認那個聲響正在包圍他們的房間……

「受不了，看來還需要再教一次是吧。聽好了，女智人這個人種呢呃啊！」

捷兒看見霸修突然拔出背上的大劍，差點沒嚇破膽。

「怎、怎、怎麼了！有敵人來襲嗎！」

在驚慌之餘，捷兒也從腰間拔出看似牙籤的手杖。

這時，捷兒也察覺到了。

他察覺到周圍響著喀嚓喀嚓的金屬碰撞聲。

已經完全被包圍了。為什麼之前都沒有察覺到會被包圍成這樣？

「無音魔法是吧。」

霸修想起智人在奇襲時經常使用的魔法，提高了警覺。

無音魔法，顧名思義就是消音的魔法。但只有在一定的範圍內才會生效。簡單來說，就是靠得太近的話就會被對方聽見聲音。這是身穿全套鎧甲的智人軍隊經常使用的魔法之一。

既然能聽見聲音了，表示對方不是靠得太近，就是認為包圍網已經完成，開始接近了……

從他們整齊劃一的行動來看，應該是後者吧。

「根據人數與氣息判斷，應該是之前在馬車附近那群人吧。」

「被他們跟蹤了嗎？」

「沒有那個跡象，不過對方是智人。難保不會有這種事發生。」

如果對方是獸人或精靈也就算了，不但是智人，還是穿著全套鎧甲的一群人，霸修可沒有不中用到沒發現他們跟在後面。

智人相當擅長以些微資訊鎖定目標位置的技術。恐怕是在霸修沒發現的狀況下，追蹤他留下的些許痕跡吧。

「老大，怎麼辦？要殺得片甲不留的話，應該是從窗戶那邊開始動手，再繞到入口去對付門那邊的傢伙比較好吧；要突圍的話就是戒備薄弱的門口那邊；從他們的行進方式判斷，感覺沒考慮到我們會主動攻擊。反正，以這個人數，無論怎麼行動都能輕鬆應付就是了。」

捷兒一派冷靜地這麼說。

外表看起來年輕又輕飄飄軟綿綿的，但這隻妖精同樣也是身經百戰的強者。

瞬間看穿敵人的陣形，點出利於進攻的方位，這種事情是他的看家本領。

霸修和捷兒搭檔了很久。在戰爭中，他們不曉得突破過這種程度的包圍幾次。

想殺霸修的話，需要的人數大概是這個的一百倍。

小菜一碟。

然而，霸修卻搖了搖頭。

「不，我們不能戰鬥。靠對話來解決吧。」

說完，他放開大劍。

不知道是為什麼被包圍，但霸修沒有做任何虧心事。

「可是……我覺得我們只會先被刁難，然後被趕出城鎮耶……」

「就算是這樣也一樣。無論如何，既然被他們追到這裡來了，表示我們曾經出現在那裡的事早就被他們知道了吧。即使逃離這裡也改變不了任何事情。」

在他們說著這些的時候，門已經應聲被踢破了。

「不准動！前面那隻半獸人！」

3.要塞都市克拉塞爾

衝進來的有三個人。

兩名身穿簡易鎧甲的士兵，以及戴著有直排羽飾的頭盔的騎士。

根據長年征戰的經驗，霸修知道這種羽飾代表他的騎士身分。

再進一步說明的話，他也知道智人的騎士相當於半獸人的戰士長。

換句話說，這名騎士是這群人的領隊。

「我早就沒在動了！有何貴幹，智人！」

「哼！」

騎士走了幾步後，脫下頭盔。

從頭盔底下現身的是將一頭燦爛的金髮束成馬尾的美少女。

（之前就覺得那個人的聲音很高，原來是女的啊……不，更重要的是……）

看見她的臉孔的瞬間，霸修心中湧現一股澎湃。

像是塞了滿嘴無花果時那種刺激舌根的酸甜感覺占據了霸修的全身。

（太可愛了……）

凜然的眉毛，感覺得到堅定意志的嘴角，微微上揚、看起來個性有點不太好的眼睛，晶瑩剔透的白皙肌膚……

身上穿著鎧甲所以不知道體型如何，不過從體態可以看出是肌肉相當結實的健壯身體。是個比起在森林裡看見的女人們，還有他在路邊想要搭話的女人還要優質好幾級……不對，是好幾十級的好女人。

一想到自己有可能和如此美麗的女性兩人一起裸身交配，就讓霸修感覺到有一股電流竄過自己的腦髓。

所謂的正中胯下。

不過，幸虧有牢靠的皮底褲，霸修並未因此被指責。

也不知道有沒有發現霸修的變化，那個女人瞪著霸修，放聲大喊。

「有人報案說馬車在驛道遭受襲擊。是你幹的好事對吧！」

捷兒輕聲對霸修發牢騷說「你看吧」，但霸修根本無暇理會他，一心只想讓這個可愛的騎士喜歡上他。

離開國家後遇見的第一個極品女智人，而且還是半獸人之間在三五好友聊到「想找怎樣的女人當妻子」的時候一定會被提到的女騎士。

身為處男的霸修怎麼可能不興奮。

在他的腦中，已經開始考慮到婚姻的階段了。

小孩最少也得要她生三個才行。

沒記錯的話，聽說精靈族有自古流傳的祕術，能讓女人和半獸人交合、懷孕之後仍生下非半獸人的小孩，所以生一個智人也不錯。

不過最好是全部都生男孩。

第一個小孩取霸修的名字叫亞修，要教他戰鬥方式和狩獵的方法……

「喂，怎麼了，回話啊！」

這樣的妄想，在女騎士的聲音之下煙消雲散。

姑且回到了現實的霸修開始思考自己該怎麼做。

首先，突然就說「當我的老婆吧」也無濟於事。會被拒絕。這種事從捷兒剛才的教學當中就能知道。

那麼，現在該做什麼呢？

這種時候應該謹慎行事，先看她的左手。

要是無名指上戴了戒指的話，她就是已成親的雌性，不會成為自己的人。

「……」

女騎士的左手在護手的覆蓋之下，看不出無名指上有沒有戴戒指。

「……嗯……」

3.要塞都市克拉塞爾

學到的事情馬上就派不上用場，讓霸修定格。

不過，他是身經百戰的英雄。

無法一擊打倒對手的次數多如繁星。

沒錯，比方說在對付獸人的使役獸，魔獸貝西摩斯的那場戰鬥，就長達數十小時。一直從清晨持續到深夜。

有時候，慢慢認清對手的實力，帶入長期抗戰模式也是必要的。

「喂，回話啊！區區半獸人最好不要惹火我喔！」

「咳咳，抱歉……那輛馬車我確實看見了，不過襲擊的人不是我。車上的人倒是一被我搭話就逃走了。」

霸修保持冷靜，先是拿出半獸人戰士的風範，以堅毅的態度應答。

這是從捷兒那裡學來的迷倒智人的法則之一。

第三課：當個態度大方的男人。

「少說謊了！」

「我沒有說謊。我看見的時候，已經是馬車遭到熊地精襲擊之後了。我只不過是碰巧路過，趕走了熊地精而已。」

「有證據嗎！」

「沒有證據。但我可以向偉大的半獸人王——涅墨西斯發誓！」

「唔……」

他落落大方地如此宣言，讓騎士為之畏縮。

以半獸人王之名發誓，有著如果說了謊的話甚至甘於一死之意。

能夠如此宣言的，在半獸人社會當中也相當有限，只有大戰士長(great war lord)以上的戰士而已。

也就是說，這對半獸人而言是足以證明地位及名譽，是最有男子氣概的誓言之一。

能夠落落大方地如此宣言的半獸人，必定會吸引到年輕人羨慕的眼神，宣言在聽者心中也會有相當的分量。

霸修看見為之畏縮的騎士，心中想的是「搞定了」。

順帶一提，女騎士才不知道什麼半獸人的宣言。

她只是因為霸修的態度太過大方，一時很難開口挑毛病罷了。

「被害人說有半獸人接近她們，想叫她們生孩子。」

「與其他種族發生非合意之性行為，是以半獸人王之名嚴格禁止的事項。我只是為了達成合意而向她們搭話而已。」

「那樣怎麼可能達成合意！」

「沒試過怎麼知道，所以我就試了。後來我才知道，根據智人的常識，突然提出性行為的要求似乎是無法達成合意的。」

霸修回答得太過落落大方，讓騎士更畏縮了。

她還是第一次見到回答得這麼大方的半獸人。

她之前曾見過的只有被放逐到國外的流浪半獸人而已。

那些流浪半獸人一見到女騎士，下一秒就是說些要搞大妳的肚子或是要操翻妳之類的下流字眼，稍微被逼問一下馬上就會氣沖沖地動手動腳。

甚至沒有一個半獸人能夠像這樣好好說話。

「嘖，像、像你這種骯髒的半獸人，說什麼碰巧路過，我看你肯定從馬車上偷了什麼東西吧！」

「唔……」

聽她這麼說，霸修頓時語塞。

的確，他是從馬車裡帶走了一樣東西。正確來說不是一樣東西，而是一個人就是了……

「的確，我是帶走了……」

「看吧！我要以竊盜罪嫌逮捕你！」

「唔……」

「等等等，麻煩等一下好嗎！」

這時捷兒飛進霸修與騎士之間。

「老大說的是小的我對吧！我這個被智人抓住還被關在瓶子裡面的可憐蟲，確實是在馬車上沒錯！可是，妖精的人口販賣應該是在智人與妖精之間被禁止的事對吧！因為救了被當成走私貨物的我而被當成竊盜行為問罪，這樣太奇怪了吧！」

「你、你說什麼……？」

捷兒的話語讓騎士一臉困惑。

走私妖精的確是犯罪行為。馬車原本在運送妖精，而半獸人救了妖精。即使拿走的是走私的貨物，竊盜罪依然能算是竊盜罪嗎？還是說，這個半獸人算是帶著走私的貨物呢？

不過乍看之下，妖精看起來像是依照自己的意願跟著半獸人。

可是，這個妖精所說的又是真的嗎？該不會是隨口胡謅吧？對妖精來說，隨便亂說話就和呼吸一樣自然。

「真是的……」

事情越來越複雜了。

眼睛轉啊轉地想過各式各樣的可能，最後騎士這麼說。

「總之你先跟我們走一趟再說！」

「好吧。」

霸修立刻這麼回答。

對此感到驚訝的是捷兒。他一臉困惑地轉頭看向霸修，手腳不停亂揮，指了指女騎士。真要說的話，女騎士也因為霸修太過於老實聽從她的指示而露出困惑的表情。

「咦？這樣好嗎？這個傢伙完全瞧不起老大耶。」

以一般的半獸人理論而言，霸修完全沒有跟對方走的道理。

霸修自然也是，如果是在半獸人國有個年輕小夥子對他說了和剛才一樣的話，他應該會立刻拔出大劍，齜牙咧嘴地說「看你有沒有那個能耐」吧。

然而，霸修這趟旅行有他的目的。

也就是脫處。

對象最好是他喜歡的美女。是處女的話就更好。

「沒關係！」

眼前這個女人。

看似好勝的金髮女騎士。是他喜歡的美女。不知道是不是處女，也不曉得結婚了沒。可是，看見他雖然一臉嫌惡，卻沒有帶著尖叫逃走。

這樣的女人，對他說了「跟我走」。

跟她走的話，至少可以增加對話的機會吧。

反過來說，不跟她走的話，事情便就此結束。若是劇烈抵抗，最後被趕出城鎮的話，更是再也見不到她了吧。

這樣一想，更沒有理由不跟她走了。

在戰爭中，死裡逃生的機會只有僅僅一次的狀況，不在少數。

而把握了所有這種機會的霸修，此時的決斷更是迅速。

「很、很好……上手銬！把他帶走！」

「嗯。」

如此這般，霸修被逮捕了。

距離他抵達克拉塞爾，不過是短短四個小時的事情。

4. 騎士團長休士頓

要塞都市克拉塞爾的騎士團長休士頓。

說起他的經歷，那可短不了。

約莫二十年前，他在十三歲的時候以見習士兵的身分參加戰爭。初次上戰場就被送上前線，體驗了鮮血淋漓的敗戰。在同期全數陣亡的狀況下，幸運活下來的休士頓輾轉各個戰場累積經驗，約莫十年後升上中隊長(war chief)。

升上中隊長後立刻面臨的戰鬥是地獄般的撤退戰。

是一場慘烈的戰鬥。

從將軍到大隊長(great chief)，所有軍官不是戰死就是逃亡，指揮官沒兩下就換人，整支軍隊陷入極度的混亂。在失去六成兵力的時候，指揮權來到了只是中隊長的休士頓手上。

「已經沒有指揮權比你高的人了。」

聽見負責傳令的醫護兵這麼說，休士頓還以為是惡劣的玩笑。

然而，休士頓確實完成了他的職責。

他統整起身邊的人，成功讓剩下的四成兵力平安撤退，幾乎沒有損失任何人。

突然發揮出來的才能……其實他很適合指揮大軍。

不過撤退戰之所以成功，只是因為運氣好就是了……

無論如何，這項戰績獲得相當高的評價，休士頓成了半獸人方面軍的副官。所謂的半獸人方面軍，是指主要對付半獸人與妖精聯合軍的軍隊。

然後在他成為副官的五年後，司令官戰死了。休士頓直接補位成為司令官，一直戰鬥到戰爭結束。

換言之，休士頓持續對付了半獸人十年。

為了和半獸人交戰，他盡其所能拚上了全力。

他盡可能收集情報，盡可能發揮所有智慧，有時還上前線賭上性命戰鬥。

結果，他成了智人當中殺了最多半獸人的男人。

所以人們如此稱呼他。

「殺豬屠夫休士頓」。

他在戰爭之後對半獸人也是毫不留情。

尤其看見流浪半獸人的時候更是苛刻。無論流浪半獸人怎麼求饒，他也完全聽不進去，只是淡定地處刑。那副模樣，讓戰後才入伍的人們在尊敬他的同時也感到畏懼。

4.騎士團長休士頓

然而實際上，和那個駭人聽聞的外號正好相反，休士頓是個對半獸人沒有什麼特別感覺的人。

既沒有偏見，也不帶歧視。他並非特別討厭半獸人。

因為他對半獸人知之甚詳。

透過十年來的戰鬥讓他變得瞭若指掌。

休士頓在成為副官之際，為了更有效率地殺害半獸人，同時也為了盡可能抑制半獸人造成的損害，他必須了解半獸人。

在戰爭時期，他針對半獸人所做的學習比任何人都還多。他觀察半獸人，大量閱讀過去的文獻，有時還找俘虜問話。

結果，休士頓學到了很多。

半獸人是重視榮譽的戰士，只是具備的常識和自己的族類明顯不同。

當然，對於半獸人，他心中也不全都是正面情緒。

也有因為遭到殺害的同僚與部下眾多而萌生的陰暗情緒。

可是戰爭已結束，所以也無須過度憎恨他們；休士頓會這麼認為，是出自他對半獸人感到的親近，有時感到的更是尊敬。

他對流浪半獸人之所以嚴苛，是因為他們在半獸人當中也是最受到唾棄的族群。

就連半獸人簡單明快的守則也無法遵守，選擇活得恣意妄為的族群。那種人即使來到智人棲息的區域，也不可能遵守智人的規則。

無法適應人類社會的人和有害的野獸沒兩樣。

因此該誅殺之。不須留情。

總而言之，正因為他是這樣的一號人物，戰後他才受封為騎士，被任命為克拉塞爾的騎士團長。

當然，一方面也是因為高層認為，既然有他負責陣頭指揮，至少往後幾年以內不會再和半獸人演變為戰爭狀態，假使戰爭開始了，他也能守住克拉塞爾才對。

「什麼？抓到驛道襲擊事件的嫌犯了？」

這樣的他，某天接到部下這樣的報告。

「是的，嫌犯似乎是半獸人。」

「我不是說過流浪半獸人儘管殺掉就可以了嗎……？」

聽了部下的報告，休士頓歪頭不解。

根據他們和半獸人王之間的共識，被逐出國外的半獸人即使殺了也不會造成任何問題。

站在休士頓的立場，他比較希望半獸人能夠在國內自行處理那種頑劣分子，不過半獸人也有半獸人的法律，這也是無可奈何的事情，所以他已經死心了。

「不，對方的儀容端正，應答也無從挑剔，所以可能不是流浪半獸人。」

「那就放走吧。多可憐啊。」

「事情是這樣的，茱迪絲大人說，她總覺得那個半獸人有古怪……」

「那個笨女孩，要是我們和半獸人之間又爆發戰爭的話，她能負責嗎……」

茱迪絲是負責調查在森林發生的襲擊事件的女騎士。

她是剛上任一年的菜鳥騎士，最近總算習慣勤務了，所以才分了一個案件給她。感覺應該是能立刻辦完的案子，但不知道是犯人出乎意料地狡猾，還是茱迪絲比自己以為的還要無能，她到現在還沒有交出成果。

最近，她正因為遲遲沒有成果而著急。

所以她大概是想不管三七二十一先抓個人當成功勞，證明她並非無能吧。

「你覺得怎樣？」

「這個嘛，可疑的部分確實很多。他不肯說出旅行的目的，還有一隻妖精跟著。即使被我們包圍了也是出奇地冷靜，所以或許……他是半獸人派來的間諜也說不定。」

「噗……」

休士頓忍不住噴笑。

這個士兵還年輕，也沒有參加戰爭。

所以，他大概不太清楚半獸人是怎樣的種族吧。

只要對半獸人夠了解，應該就會知道他們是和間諜這個詞彙有多麼無緣的種族。

「休士頓大人，這件事情一點也不好笑！他說不定是故意被我們抓起來，試圖從內部獲取情報呢！」

「少蠢了，半獸人的腦袋哪有那麼靈活啊。要派間諜的話只會有妖精來啦。」

如果是休士頓所知道的半獸人，並不會刻意被捕。

即使隻身一人也會挑起戰鬥來試圖突破包圍，要是能順利殲滅敵人的話，還可以當場一邊侵犯茱迪絲一邊審問她，藉此獲取情報。

最基本的問題，潛入敵軍深處收集情報這種高難度的事情，半獸人才辦不到。

他們辦得到的，頂多有偵察就很了不起了。

敵人在哪裡紮營布陣，有多少人，武器種類有劍和弓等等……這種程度的偵察，半獸人也經常進行。

不過他們辦不到的也只有間諜行動，在戰術方面倒是結構縝密到足以令智人嘖嘖稱奇。

無論如何，既然沒有動手而是乖乖被捕，看來並非流浪半獸人。

應該是遵守半獸人王頒布的法律，有意和智人打好關係的理智半獸人吧。對團體本身

4.騎士團長休士頓

具有歸屬意識的半獸人獨自出外旅行固然是很少聽說的事……但半獸人當中也有各式各樣的人。有這樣的半獸人也不足為奇吧。

而茱迪絲在著急之下冤枉了這樣的半獸人……這就是這次的真相吧。

休士頓如此判斷。

（不過，有妖精跟著確實令人在意。）

戰爭中，只要看見半獸人和妖精一起行動，就意味著那是作戰行動。

雖然說戰爭已結束，但過去戰爭時期的感覺讓休士頓提高了警覺。

「好，我也去見見那個嫌犯好了。」

這麼說完，休士頓站了起來。

◇

牢房位於騎士辦公處的地下。

戰爭時期這裡是收容大量俘虜，將他們拷問至死的地方。戰爭即將結束之際更有疫病在此蔓延，對休士頓而言是個拜託他也不會想來的地方。

戰後已經打掃得很乾淨，當作輕罪犯的收容所運用。

現在甚至還飄著微微的柑橘系香味。

「夠了，快說出你旅行的目的！你穿越那片森林到這裡來的目的是什麼！為什麼要來克拉塞爾！那隻妖精是什麼！」

走下通往那樣的牢房的階梯時，茱迪絲的聲音傳進休士頓的耳中。

她的恫嚇有模有樣，一點都不像菜鳥騎士。

態度那麼凶悍，被抓住的那個半獸人也很難老實招供吧。

休士頓之所以會這麼想，是因為半獸人極度厭惡被別人瞧不起，特別是被女人瞧不起。

即使沒做什麼虧心事，被女人恫嚇了還乖乖開口說話，這種事有許多半獸人的自尊心都無法接受。

想著想著，休士頓露出苦笑。

大概馬上就會有「想叫我開口的話，最好是用盡全力來硬的」之類的語句從半獸人口中冒出來吧。

如此一來，就什麼事情也談不成了。

以審問半獸人的方式而言，這是下下之策。

「旅行的目的是私人事情，簡單地說，我在找東西。之所以穿越那片森林，是因為這樣比較快。而來到這裡，是因為這裡可能有我要找的東西。妖精是我的舊交。他知道我旅行的

4.騎士團長休士頓

目的，為我提供協助。」

然而，休士頓聽見的卻是態度堅毅的回答。

聽見那道嗓音，休士頓「哦」一聲地讚嘆。會因為被恫嚇而鬧脾氣的基本上都是血氣方剛的年輕半獸人。半獸人中，尤其是身經百戰的戰士，有許多人都不太會在意些微的恫嚇。比起戰場上的咆哮，平常時期的恫嚇和一般對話沒什麼兩樣。

然而，這讓休士頓產生了別的疑問。

為什麼那種身經百戰的半獸人會離開故鄉，來到國外找東西呢……

「你要找的東西是什麼！為什麼要找那個東西！」

「這個……不能說。」

「為什麼！太可疑了！你這傢伙在隱瞞什麼！」

可能是被人知道了會被搶走的東西。

或者是，被人知道那個東西不見了會造成麻煩。休士頓在瞬間想到兩種可能的同時，來到了通往牢房的門前，忽然冒出某種不祥的預感。

（這個聲音……我是不是在那裡聽過啊……？）

休士頓的預感很準。

他能夠在那場戰爭當中存活下來，說是他的預感的功勞也不為過。

（還是不要去好了……）

這樣的想法在他的心中縈繞。休士頓心中的這種低語，一直以來總是能拯救他的命。

但即使有不祥的預感，現在已經是和平的時代了。應該不會那麼容易送命才對。

而且，如果就這麼放著茱迪絲不管，也只是繼續那種毫無建樹的問答罷了。休士頓最討厭毫無建樹的事情。

所以休士頓打開了通往審訊室的門。

「茱迪絲，妳別逼問得太過頭了。要是演變成外交問題的話就麻……噫啊！」

然後不禁冒出滑稽的慘叫。

同時背脊竄過一股涼意，心臟撲通撲通地狂跳，雙腳吶喊著要他快逃。

閃現在他腦海裡的，是戰爭中，他剛當上半獸人方面軍司令官沒多久時的戰鬥記憶。

那場戰鬥，原本應該會是勝仗才對。

戰力是己方比較多，作戰計畫也沒有缺失。

明明是這樣，前鋒卻無法突破敵陣，部隊又被來自側面的攻擊截斷，就在他因應戰局而將儲備戰力送上前線的時候，大本營就遭到突襲了。

也不知道是作戰計畫被預判，還是純屬偶然。突襲大本營的部隊人數雖然少，卻各個都是精銳。尤其是站在最前面拿著大劍亂揮的那個半獸人，休士頓想忘也忘不了。

4.騎士團長休士頓

那個半獸人殺了他手下一個武功高強的副官。

至於休士頓，他在半獸人忙著殺副官的時候，連滾帶爬地撤退了。順利回到據點時，他還以為自己作了一場惡夢。當時的體驗就是這麼恐怖。

然而，那並不是惡夢。

因為，惡夢並未結束在那一次。

後來，休士頓數度在戰場上遇見那名半獸人。站在他的立場，那個半獸人看起來每次都是來取他性命的。

實際上大概也是這麼一回事。因為只要能打倒身為司令官的休士頓，就可以削弱智人軍的氣勢。

休士頓一次也沒有和那個半獸人正面交鋒過。

他全力逃離了所有的戰鬥。儘管如此，他沒有死也只是單純的奇蹟。

無論是多不利的戰場，那個半獸人都會出現。

無論己方軍隊的規模有多大，無論帶著多麼強大的友軍，那個半獸人也一定會現身，而且戰到最後，絕不逃離。

在雷米厄姆高地的決戰當中，智人的賢者帶著巨龍出現在戰場上，將惡魔和食人魔燒成黑炭的時候，他也繼續留在現場，和其他戰士共同對抗巨龍。

看見他的身影，休士頓甚至冒出崇拜之情。

理應看起來醜惡的半獸人，甚至讓他覺得美麗。

所以他記得很清楚。

膚色是普通的綠色。以半獸人而言塊頭略嫌嬌小，但身體布滿了密度極高的肌肉。

眼神銳利如鷹，藍髮略帶一點紫色。

外觀看起來只是沒有特徵的綠半獸人，但他不可能看錯。

休士頓這麼靠近他的時候，只有和半獸人簽訂和議的簽約儀式那次而已。

不，就連那時候都沒靠到這麼近。那次應該離了二十公尺遠。

現在的距離，頂多五公尺。

在他的攻擊間距內。

那把和他的身高差不多的大劍似乎不在他手上，可是休士頓非常清楚。

這個半獸人，動起來能發揮出和獸化之後的獸人族相當的速度，還可以空手撕開矮人族打造的黑鎧。

這是他親眼所見，所以錯不了。

縱然沒有任何人願意相信，不過前司令官就是這樣死的。

稱呼這個半獸人的名號數也數不清。

4.騎士團長休士頓

「狂戰士」、「破壞者」、「無活口」、「瘋牛」、「鐵臂」、「席瓦納西森林的惡夢」、「綠色的災厄」、「龍斷頭」……

還有很多其他的詞彙……全部，都是用來稱呼他一個人的。

然後，在半獸人國，大家是這麼稱呼他的。

「半獸人英雄」霸修。

最危險的半獸人就在眼前。

「……」

仔細一看，霸修在戰場上總帶著一起行動的妖精也被五花大綁，躺在桌子上。

那個妖精，休士頓也很清楚。

能當成治療藥的妖精即使被抓住也很少被殺掉。他總是利用智人的這種想法而故意被逮，再透過某種魔法將敵軍陣地的位置告訴危險的半獸人，將那個半獸人叫過來。

從他的行動而得到的外號叫「擬餌捷兒」。

「茱、茱迪絲……」

休士頓之所以叫得那麼窩囊還是沒有逃跑，都是因為有部下在看。

他是這裡的騎士團長。是統率騎士與士兵的人。是司令官。而且，他自認騎士和士兵們都很景仰他。他最不希望發生的事就是失去大家的信賴。

而且，仔細一看，霸修正帶著祥和的表情應付著茱迪絲。過去那種獵殺一切的殺人狂般的眼神早已銷聲匿跡，甚至有種慈祥的爺爺在聽孫女的任性要求的感覺。

啊，那個惡鬼也能夠露出那種表情啊。他也不是只會生氣啊。也對，戰爭都已經結束了。都已是和平的時代了。他現在的眼眸給人這樣的感覺。

話雖如此，他依然是那個霸修也是不變的事實。

休士頓深呼吸了一下，一邊提高警覺到極限，一邊帶著膽怯的心情，對茱迪絲說：

「妳、妳在做什麼？」

「是！我接獲民眾報案表示在西邊的森林遭到半獸人襲擊，調查之後，得到了有可疑的半獸人進入城鎮的情報。我立刻追蹤，在旅社逮捕了嫌犯。現在正在審訊。」

「啊，是喔……」

休士頓立刻明白，這肯定是逮錯人了。

如果是霸修根本不會留下目擊證人。若問心有愧，應該早就突破包圍逃走了。這個半獸人，即使身處百人規模的包圍網之中，也能夠輕鬆突圍逃脫。

為什麼休士頓能這麼肯定？因為這是他的親身經歷。

「我已經讓這傢伙招出大部分的情報了，只剩下問出他旅行的目的而已。混帳！快說

4.騎士團長休士頓

啊，你這隻該死的豬玀！」

茱迪絲揪住霸修的衣領，在極近距離之下對他怒目而視。

一陣寒意竄過休士頓的背脊。

「啊、啊、別、別這樣，不要那麼粗暴！」

休士頓情急之下出聲制止，但聲音窩囊到了極點。

這也沒辦法吧？即使是和平的時代，該生氣的時候還是可以生氣。比方說，被人找碴又被帶到牢房裡面來，還有個沒體驗過戰爭、毛也還沒長齊的小女生揪住他的衣領，自以為是地恫嚇他的時候之類的。

換句話說，現在正是那個時候。他該生氣了。

「我已經沒有什麼好說的了。」

但是，霸修沒有生氣。

他反而忍不住抽動鼻子，一臉平靜。

一定是從這個牢房的各個地方飄散出來的柑橘系香味撫慰了他的心情吧。因為半獸人什麼都吃，但出乎意料的是也喜歡水果。

休士頓在心中感謝提議要在這個牢房裡使用柑橘系香油的部下。還考慮要幫他加給。

「咳嗯……茱迪絲。現在立刻把妳的手從他身上放開，然後直接慢慢後退到我身邊。」

4.騎士團長休士頓

「您是怎麼了？身為『殺豬屠夫休士頓』大人的您居然如此畏縮……」

「不要提那個名字啦！」

休士頓的外號對半獸人而言不是什麼太愉快的名字。

逮捕流浪半獸人之後搬出這個名號，多半都會被對方以憎恨的眼神瞪視，說些「你就是那個殺豬屠夫啊……老子宰了你！」之類的汙言穢語破口大罵。

「殺豬屠夫」這個名號對半獸人來說的意義就是如此重大。

不過，也有可能只是因為被叫成豬很生氣而已就是了。

「您在說什麼啊，我要讓這隻流浪豬玀知道休士頓大人的豐功偉業。聽好了，死豬。這位先生，是在之前的戰爭當中殺了最多半獸人的大將軍，休士頓大人。像你這種半獸人，他可以一邊挖鼻子一邊——」

休士頓隨即放聲吶喊。

「吵死了！再不閉嘴當心我扁人！快點過來這邊！」

那是發自靈魂的吶喊。

「是……咦……？」

茱迪絲先是因為休士頓凶神惡煞般的態度愣住，然後一臉莫名其妙地退了下來。

她因為不明就理地挨罵而一副沮喪的樣子。既然她不懂，事後大概需要加以說明吧。

不過，現在得先處理霸修。

「吸——……呼——……」

休士頓深呼吸了一次，轉身面對霸修。

霸修的眼睛因為茱迪絲退下而變回銳利如鷹的狀態了。這讓休士頓的嘴角抖了一下。

「部、部下失禮了。這個笨蛋是發生在驛道的襲擊事件的負責人，最近交不出成果來，所以才急著想立功……啊，忘記先自我介紹了，我是統籌這個城鎮的軍隊的負責人，名叫休士頓．監爾。」

「我是霸修。」

「是，久仰大名……」

「你認識我？」

「只是在戰爭中見過你幾次罷了……」

說完，霸修仔細端詳起休士頓的臉孔。他應該不會回想起這張臉孔就突然動手吧。不，他應該是個理智的半獸人才對。

相信自己一開始的判斷吧。如果他現在會攻擊，部下早就血流成河，茱迪絲也已經翻著白眼昏死過去，還會有白濁的液體掛在她的兩腿之間才是。

休士頓一邊這樣說服自己，一邊堆出笑容。

4.騎士團長休士頓

苦節三十數年，他不曾對半獸人這樣笑過。

不，就連面對智人的時候，他可能都不曾像這樣堆出笑容。

「你是智人的大戰士長啊。」

「……是的。算是類似的人吧。」

「好懷念啊。你還好嗎？」

頓時，霸修齜牙咧嘴。

那個表情也可以解釋成威嚇。然而，休士頓是比任何人都還要了解半獸人的男人。他知道這兇猛的表情純粹只是笑容。

因此，他稍微鬆了一口氣，確信對話是成立的。

「事情之所以變成這樣，原因全是我的督導不周，希望你能夠以寬大的胸襟海涵。」

「我沒有生氣。」

霸修語帶厭煩地這麼說，以留戀的眼神看向茱迪絲。

看見他的反應，休士頓認為是「對茱迪絲感到生氣，但還沒氣到需要殺她」這種程度。

受到那麼不公正的對待，卻只有這種程度。真是個器量大到不像半獸人的大人物。

若是一般半獸人，至少會把茱迪絲一個人大卸八塊吧。

儘管如此，也不知道何時會踩到老虎尾巴。

休士頓試圖盡快結束這次對話，揚聲說道。

「呃……可以姑且讓我問幾個問題嗎？不會占用你太多時間。」

「還來啊，你們想叫我說一樣的話多少次啊。」

「再一下下，麻煩你再配合一下下……！」

妳到底問了多少次同樣的問題啊？休士頓擺出苦瓜臉，瞪了茱迪絲一眼。

茱迪絲一臉尷尬地別過頭去。

「這個嘛……」

之後，休士頓針對接獲報案的事情，也就是發生在西邊森林驛道的事件進行訊問。

霸修的回答當然沒變。

馬車遭受熊地精的襲擊，霸修只是正好路過，趕跑了熊地精而已。

他是對女人搭了話，但只是為了獲得性交的同意。至於為什麼沒有硬上，則是因為以半獸人王之名，嚴格禁止與其他種族發生非合意之性行為。

霸修完全打算遵守這條規定，所以襲擊是誤會一場。

休士頓聽完，點頭表示認同。其他那些流浪半獸人所說姑且不論，這個男人的話語應該毫無虛假。

他真的只是偶然出現在事發現場而已。

4.騎士團長休士頓

關於這一點也和休士頓預料的一樣。

如果他真的有心襲擊，根本不可能讓目標逃掉。想逃離霸修真的得拚上性命，這一點休士頓比任何人都還清楚。要成功逃離認真追殺目標的霸修的話，必須犧牲好幾個全副武裝的部下，即使如此都還得看運氣。

所以……

「最後還有一個問題。」

這是最重要的。

「你說是來找東西的……這件事情半獸人王陛下知情嗎？」

「當然。」

「原來如此。」

這個回答，讓休士頓想通了一切。

為什麼霸修會在這裡？

背後的理由。旅行的目的。

那就是——半獸人王的命令。半獸人王涅墨西斯對霸修下達了某種命令。霸修遵循那個命令，出國旅行。

最重要的命令內容則是「搜索某物，或某人」。

「這樣我很為難。這種事情應該透過國家之間的正式管道才對。」

「我要辦的是私事。也不打算給你們添麻煩。」

而且要找的似乎還是必須瞞著智人的東西……或者是人。

既然都動用了霸修這個層級的英雄了，要找的東西應該很不得了吧。

得知能夠為國家帶來龐大的利益，或是置之不理會對國家造成嚴重的損失……

無論如何，對半獸人國而言肯定都是一大要事。

否則，他們怎麼可能將國家英雄隻身丟到國外？

這個半獸人在這個當下沒有殺害茱迪絲和休士頓，都要多虧有那個任務吧。

殺了智人造成騷動的話，會影響到任務。

問題在於，那個任務的詳情……

「我明白了。」

不過，休士頓決定不再想霸修的任務。

搞不好，他要找的東西有害於智人也說不定。

「那這樣就可以了。不好意思麻煩了你這麼久。」

但是，那和休士頓無關。

多管閒事，讓自己面臨生命危險，是他最不能夠接受的狀況。

4.騎士團長休士頓

性命，在戰場上是最重要的東西，但也是最不值錢的東西。

霸修被捕，是出自誤會的逮捕。他乖乖就範，也願意說清楚狀況。

既然如此，這件事情就到此結束。

事情圓滿落幕。

原則上，他明天是會向本國報告「半獸人英雄霸修來了。好像在找什麼東西」這件事，但後續的事就是別人的工作了。

「嗯。」

霸修深深地點了頭，開始解開被五花大綁的捷兒。

「留意隨身攜帶的物品，回去的時候請小心。」

休士頓帶著放鬆的表情這麼說。

這樣就能暫時放心了。初次近距離交談的霸修是個充滿英雄風範，器量很大的大人物。

但器量大歸大，什麼時候會爆發也很難說。

休士頓對半獸人知之甚詳。然而，正因如此，他也知道半獸人有著他所不知道的常識。在踩到老虎尾巴之前，還是趕快放他回去為佳。剩下的，就只有祈禱他不要在鎮上引發多餘的騷動了。

也不派士兵跟著他了。部下的性命也很重要。總之不碰為上。

休士頓這麼決定。

他就是愛惜自己的性命才能存活到現在。怎麼能在戰爭結束後還在生死關頭徘徊呢。

「……嗯。」

然而，霸修在取出妖精壽司卷的內餡的同時卻是一臉凝重。

他的視線不時飄向茱迪絲。

（哎呀……？）

看見那樣的視線，休士頓心裡覺得不太對勁。

霸修可以回去了卻遲遲不肯走。

理由是什麼？他為什麼要看茱迪絲？在生她的氣嗎？但不久之前，他才自己說過沒有生氣。那麼為什麼要針對她？這個半獸人知道她哪些資訊？

她是騎士。搜索西邊的森林。驛道的……也就是說！

休士頓讓他聰明過了頭的腦袋全力空轉，導出了結論。

「莫非，驛道的襲擊事件，和你『要找的東西』有關係嗎？」

「……？」

霸修瞬間停止動作。

面無表情的他讓人看不出來在想什麼。

4.騎士團長休士頓

然而，從五花大綁的狀態重獲自由的捷兒輕飄飄地飛過來，對著霸修耳語了一陣子後，霸修露出恍然大悟的表情。

然後，他一臉認真地面向休士頓，輕輕點了頭。

「嗯。有這個可能。」

「果然！」

知道自己猜中了，休士頓奸笑了一下。

他是個聰明的男人。他想到了一個不會讓自己曝身於危險之中，又能避免在鎮上引發騷動，還可以順便賣這位半獸人英雄一個人情的方法。

休士頓不是聖人。

如果能獲得對自己今後的人生有利的事物，他也會變得稍微貪心一點。

「那我派茱迪絲跟著你好了。她是驛道襲擊事件的負責人。要調查那起事件的話，請她幫忙是最好的辦法。」

「啥？」

有所反應的是站在入口一臉不滿的茱迪絲。

「請等一下，休士頓大人！您是打算叫我和這種滿腦子只想著侵犯女人的生物一起行動嗎！」

茱迪絲挺身上前，指著霸修說。

霸修一邊看著她的指尖，一邊以低沉的嗓音說：

「條約禁止未經同意的交配。我不會侵犯妳。」

休士頓聽了，心頭一熱。

現在回想起來，這個名為霸修的半獸人，在戰爭中，即使擊潰了部隊，也不曾帶女人回去。明明其他半獸人全都是一些不顧命令，當場就開始侵犯女人的傢伙。

既然是半獸人，應該也沒有不想侵犯女人的道理才對……

看來他打算老實遵守半獸人王訂下的規矩，老實到了愚蠢的地步。

「妳看，他都這麼說了。」

「能信嗎！休士頓大人也知道吧！半獸人這種生物是不知節制的醜惡種族。即使嘴上這麼說，等到和我在暗處兩個人獨處的時候，肯定會展現出本性。」

聽見這句話，休士頓一把抓住茱迪絲的衣領。

「妳給我收斂一點。聽好了，這個人可不是隨便一個流浪半獸人。他是『半獸人英雄』霸修先生啊。」

「啥？英雄？那是什麼？半獸人王的親戚還是什麼的嗎？」

休士頓感覺到一陣暈眩。

4.騎士團長休士頓

說到「半獸人英雄」霸修，在戰爭期間，對於隸屬半獸人方面軍的人而言可是無人不知無人不曉的名字。

就算茱迪絲是戰爭結束後才成為騎士的菜鳥，也不應該無知到這種地步吧。

「……」

休士頓強忍住想要痛罵她的心情。

戰爭結束之後三年。

在戰爭期間當兵的人幾乎全都回故鄉去了。他們遠離戰爭，過著和平的生活。

目前在這個城鎮的士兵也幾乎沒有體驗過戰爭。

知道有半獸人王這號人物，卻不知道涅墨西斯這個名字的人也很多。

再加上，要塞都市與半獸人國之間沒什麼貿易活動。無論是茱迪絲，還是她管的那些士兵，都只看過流浪半獸人。只看過那種不打算守規矩，理應唾棄的罪犯……所以，他們什麼都不知道或許也是無可奈何的事情。

「妳或許不知道，但他在半獸人當中也是立場特別崇高的一位。照理來說，像他這種大人物，妳連和他對話的資格都沒有。」

「喔……咦～？這樣啊？明明是半獸人耶？」

「他似乎是私下造訪克拉塞爾，若這位大人真的動怒，像妳這種貨色瞬間就變成肉塊了。」

「喔……」

看來茱迪絲還是沒什麼感覺的樣子。

休士頓心想，不然換個角度好了。

「如果因為妳害得我國和半獸人國開戰，到時候看要怎麼辦。妳肯定會被迫負責，難逃死罪。妳想在這個和平的時代上斷頭臺嗎？」

「斷頭……可是……但是、這個傢伙、是半獸人啊……」

休士頓自認是個見風轉舵的膽小鬼。

戰爭中不斷逃離霸修，因此讓他有了這樣的自我評價。

然而身邊的其他人都不這麼覺得。茱迪絲是，其他部下也是，大家都認為休士頓是個比任何人都還冷酷，比任何人都還要可怕的男人。

所以這句話與其說是忠告，聽起來更像是恫嚇……讓人只有被威脅的感覺。

還很年輕的菜鳥茱迪絲只能整個人不停顫抖。

「喂。」

然而，霸修卻指責了這樣的行動。他在這時候首次在聲音中透露出不悅，瞪著休士頓。

「放開你的手。」

4.騎士團長休士頓

休士頓瞬間放開手。速度之快，簡直就像手上一開始就沒有抓過任何東西似的。

「請問，怎麼了嗎？」

「你這傢伙……」

霸修稍微斟酌了一下遣詞用字，卻立刻這麼說。

「只會命令女人，不覺得丟臉嗎？」

「這個……嘛……」

聽見這句話，休士頓胸口一熱。

智人只顧自己的方便就逮捕他，長時間審訊。知道是抓錯人後，女騎士的態度也沒變，對他極為蔑視。

他不可能沒有感覺。不可能不生氣。明明是這樣，他卻沒表現在臉上，最後甚至還說出體恤茱迪絲的話語。

如果是隨便一個半獸人，休士頓大概會嗤之以鼻吧。

這和是不是女人無關，她是我的部下，你管不著。他大概會這麼說。

或是會瞧不起對方吧。覺得他被逮了，怕得要死，但在情況開始好轉之後，就得意忘形地說出這種話來。

但事情不是這樣。這個半獸人，可以在一眨眼之間殺掉在場的所有人。根本沒有以話語訓誡的必要。他大可以用力量讓所有人認清。認清智人是多麼脆弱的生物。

但他沒有那麼做。即使受到那麼屈辱的對待仍在忍耐。

他為什麼辦得到？

大概……是因為他考慮到半獸人這個種族的整體利益吧。與智人敵對的話，就是違背半獸人王頒布的守則。要是霸修違背了半獸人王的命令，血氣方剛的半獸人們恐怕也會有樣學樣吧。

如此一來，半獸人又會開始和其他種族打仗。半獸人的人數已經因為之前的戰爭銳減。若是再次開戰，這次真的會走上滅亡的道路。

因此，他才嚴以律己。

他是個能夠為了任務，為了半獸人的未來而犧牲自己的人物。

具備那麼強大的戰力，卻不為一己之私，反而能為了整個種族發揮自己的強大。

好個英明神武的男人。

他的寬大、他的器量之大，超越了自己的想像……

他在各方面的偉大讓休士頓以自己為恥。

的確，看在他的眼裡，一方面戰戰兢兢、唯唯諾諾，一方面卻又只會命令女人的自己，想必是窩囊到讓他看不下去吧。

4.騎士團長休士頓

身為指揮官，身為一個男人，不應該這樣。

所以休士頓做好了心理準備。做好可能會踩到老虎尾巴的心理準備。

「你說的沒錯……我明白了。那麼，我也一起去調查森林吧。」

那個瞬間，霸修露出微妙的表情，但深受感動而變得盲目的休士頓並沒有察覺。

5. 追蹤

霸修作了個夢。

那是，霸修才剛開始上戰場的時候的夢。

那一天，霸修為了對敵人發動奇襲，藏身於草叢之中。

「吶，你們覺得，要討老婆的話挑怎樣的女人好？」

在大家動也不動地窩在草叢裡時，布爾菲特說出這種話來。

他的脖子上有個很深的疤痕。他在這場戰鬥之前的戰場上受了很重的傷。如果腦袋和身體完全斷開就連復甦都沒有辦法，但多虧有半獸人厚實又堅硬的皮膚和肌肉，裂傷停留在深及頸動脈的程度。

即使是生命力強大的半獸人，這也是不治療會就此致死的傷勢。

然而，布爾菲特卻不慌不忙地就這麼繼續戰鬥下去，反過來打倒傷了自己的對手，成功生還。

他把這件事情當成自己的英勇事蹟講了好幾次。

5.追蹤

是個勇猛且充滿半獸人風範的男人。

「應該還是強勢的女人吧。」

大丹在同期當中也是身材特別高大的男人。

半獸人的新兵多半都是靠蠻力戰鬥。如此一來，高大和強大之間就會劃上等號。越是高大就越能忽略輕微的傷勢繼續戰鬥，越是高大就越能使用更大更重的武器。

他雙手拿著巨大的棍棒大鬧戰場的模樣，著實就是半獸人族最受期待的新星。

數度征服戰場都沒有受過太大的傷，在霸修的同期當中，可說是最令人期待的男人。

「我也想挑強勢的女人。是智人的話最好是女騎士。像大戰士長的老婆那樣。」

東佐伊的左手少了無名指和小指，身上到處都是大片的燒傷疤痕。

他在第一次上戰場的時候就被魔法師烤成了一團火球。

要不是附近有池塘的話，他可能就活活被燒死了。

在那之後，他就在盾牌後面藏了水袋。在和霸修同年代的戰士當中，他是準備最為周全的男人。他會根據敵人的種族思考對策，時而帶盾，時而帶燃燒彈，從來不忘多用心。整支部隊託他的福而獲救的情形也不在少數。

「我懂。大戰士長的老婆都已經生了三個小鬼了，還是會抵抗大戰士長呢。然後就會在部下面前被硬上……嘿嘿，說得我都站起來了。」

布達斯是紅半獸人，臉上有十字疤痕，是霸修的部隊的隊長。

手臂比其他半獸人粗上一號，也因此擁有傲人的怪力。

他是女矮人所生，雙手十分靈巧，是以複合弓為武器的弓兵（archer）。配合半獸人的肌力而打造的複合弓威力十分驚人，射中後能將馬釘在樹上，還能將飛龍從空中射下來。

能當上隊長的他腦袋也不錯，但或許是因為生來是紅半獸人這種特殊的半獸人，他總認為自己相當特別，嘴巴和態度都很壞。

「為了娶老婆，也得出人頭地才行……」

霸修在這樣的一群人當中，是特別會用劍的一個。話雖如此，當時他也還沒強到特別值得一提。在同期中是最矮小的一個，膚色也是綠色。

雖然還不到邊緣人的程度，但也很沒有存在感了。

「是啊。說的沒錯。」

「該好好表現了。」

「好，差不多該來了吧……所有人，保持安靜。」

在布達斯的號令之下，所有人都保持沉默。

不久後，傳來了一陣馬蹄聲。對方似乎在行軍時將腳步聲放得非常輕，但也瞞不過半獸人靈敏的聽覺。

5.追蹤

霸修他們靜待敵人來到他們足以聽見馬的呼吸聲的位置，然後……

「吼喔啊啊啊啊啊啊！」

襲擊了敵人。

敵人的人數大約是騎兵有五，步兵有三十吧。是中隊規模。

相對地半獸人只有五個人。人數上確實不利，不過對身為半獸人戰士的霸修他們而言沒有撤退兩個字，就此進入亂戰。

……在那場戰鬥當中，大丹喪命了。

◇

醒過來之後，霸修躺在陌生的房間裡。

（這裡是哪裡……？）

他立刻坐起身後，昨天的記憶回到腦中。

在情勢所趨之下，他將和茱迪絲一起調查驛道襲擊事件的真相。

不過當時已經是日落之後，所以霸修被帶到要塞的個人房裡，在這裡過了一夜。

（克拉塞爾……是吧。）

他輕輕吐了一口氣。吐氣的同時，他反芻著夢到的內容。

（我記得是有過那麼一段對話……）

會夢見戰爭期間的事情，是因為昨天遇見的茱迪絲吧。

突然出現的女人。長相美，大概是因為平常就在揮劍所以體態也很不錯。聲音傳進耳朵裡的感覺也相當舒適，讓他想一直聽下去。

而且職業還是騎士。女騎士對半獸人來說是非常受歡迎的職業。

自視甚高，直到最後都不會放棄。被抓住了依然會展現出抵抗意識的氣概，以及霸王硬上弓讓如此高傲的女子懷胎生子的狀況都令半獸人興奮不已。

甚至有人說要娶老婆的話不是騎士就是公主……他的夥伴們都這麼說。

站在霸修的立場，其實不是公主或女騎士也無所謂。只要能脫處的話，對象是誰都行。

然而，茱迪絲完全能說是具體呈現了半獸人夢想中的女騎士。一想到要用那個女孩來告別處男之身，他的某部分就不禁活力十足了起來。

（居然能夠一下子就遇見那麼可愛的女騎士，我的運氣真不錯。）

「啊，老大，早安。」

5.追蹤

正當霸修沉浸在感慨之中時，坐在桌上整理翅膀的捷兒一邊賊笑，一邊看著他說。

「老大一大早就這麼精力旺盛啊～你已經在想要搞大那個女人的肚子了嗎～？」

「算是吧。」

「哎呀～話說回來我還是第一次看見老大翹得這麼高的樣子呢，哇啊～真威武呢。」

「是嗎？」

被這麼一說，霸修得意了起來。

對半獸人而言，兩腿之間的鼓脹被看見了不是什麼羞恥之事。反而因為能夠象徵自己的雄壯，還有人說應該積極展現給大家看。稱讚半獸人的那話兒有多大，對半獸人來說是第二令他們高興的事情。

第一當然是稱讚他們的武藝。

「那個叫茱迪絲的女騎士肯定是處女喔！把那根督進去肯定會讓她直叫不要。」

捷兒雖然嘴上說得輕佻，心裡卻有點害羞。

他的臉對著霸修，嘴角也掛著賊笑，視線卻是微妙地左右游移。

「不過，那個女人真的好嗎？」

「什麼意思？」

「沒有啦，只是她明明是菜鳥卻囂張到不行。抓住老大還一副狗眼看人低的態度！就連心胸寬大的我都有點不爽了。」

「就是這點好啊。強勢的女人最好。」

「老大喜歡強勢的女人嗎？」

「是啊。半獸人都是。」

說是這麼說，但霸修遇見強勢的女人，還在極近距離下和對方說話，昨天都是第一次。之前都是還沒有對話就直接進入戰鬥。

順道一提，強勢的女人最好這件事，頂多也不過是在半獸人們低俗的對話中得到的資訊。每個半獸人都說「強勢的女人最好」。所以，強勢的女人最好。

「是喔～原來是這樣啊～」

捷兒一邊心不在焉地回應，一邊收集從自己身上掉下來的鱗粉，裝進小瓶子裡。

妖精的鱗粉具有不可思議的力量。撒在傷口上能夠治療傷勢，服用能夠消除疲勞。持續服用數日還能治好大部分的疾病，也有美容效果。

也就是所謂的萬能藥。

這是妖精的主要產業之一，同時也是肉體方面比較虛弱的智人想得到妖精的因素之一。

妖精國也認為既然其他種族想要的話，乾脆積極輸出鱗粉。

妖精本身非常嬌小，因此產生的量不會太多，而且時間過得越久效力就會越弱，因此盜

5.追蹤

獵妖精的智人才會絡繹不絕。

「老大請收下。」

「可以嗎？」

「這是答謝你救了我！啊，可是可是～要用的時候希望你可以在我看不見的地方用。」

捷兒忸忸怩怩地紅著臉將瓶子遞給了霸修。

基本上，妖精不喜歡把這種鱗粉給別人。

之所以如此，是因為鱗粉對妖精而言和排泄物一樣。即使妖精是活在當下的生物，看見別人把自己的排泄物塗在傷口上，或是吃進嘴巴裡，也只能倒彈三百尺了。

附帶一提，沒有參加戰爭的妖精國居民幾乎都不知道自己的排泄物是如何被使用在什麼地方。

牠們還會笑著說，智人好像會用自己的大便來培育作物喔。啊哈哈，好奇怪喔——！之類的。

當然，捷兒是在戰爭中活到最後的妖精。

害羞歸害羞，但在某種程度上也看得很開，認為事情自然會變成這樣。

「我知道了。」

霸修邊點頭邊接過瓶子。

「謝了。這個東西不知道救了我多少次。」

霸修還是新兵的時候，每次出戰就會受重傷，但多虧有妖精粉讓他保住性命。

戰爭到了尾聲的時候，霸修也幾乎不會受傷了，但體力也不是用之不竭，想要毫不停歇地連續戰鬥好幾天的話，這種東西是必須的。

這次大概也沒有機會用到吧。

不過，這是帶在身上最能夠令人安心的東西，這點霸修很清楚。

「那麼，快點把衣服穿上——」

就在捷兒剛開口的時候。

「喂，奉休士頓大人的命令，我來帶你……」

房門突然敞開，茱迪絲探頭進來。

然後，她看見了霸修。看見他一絲不掛的健壯肉體，以及兩腿之間的隆起。

「……」

茱迪絲臉色蒼白，停止呼吸。

在她的神情深處的情感，霸修也十分熟悉。

憤怒。

茱迪絲憤怒到說不出話來。理由他也不知道。

5.追蹤

昨天是在室內就寢所以他脫掉鎧甲裸睡，總不會是這樣就點燃了茱迪絲的怒火吧……

「……什麼事？」

「快點、準備……我在、外面、等你……！」

「知道了。」

如果冒犯了自己看上的女人或許是該道個歉，不過霸修是半獸人。半獸人沒有不知道理由就先道歉的文化。

「她在生什麼氣啊……」

「她從昨天開始就一直氣呼呼的啊。應該是預設狀態就是在生氣吧？」

「我覺得昨天的狀況和剛才的狀況看起來顯然有某種不同……」

「是喔～」

有某種不同。但霸修待人接物的技巧並不純熟，對智人的了解也沒那麼深入，並無法以口頭說明是什麼不同。

「再怎麼說，讓人家等也不好，還是趕快準備趕快行動吧！展開攻陷女騎士的行動！」

「好！」

準備就緒之後，兩人離開了房間。

◇

克拉塞爾西邊的森林。

那座森林有一條驛道通過，是戰爭時期作為運輸用所鋪設的驛道，取負責修築的將軍之名，命名為布里庫斯驛道。這條驛道繼續往西延伸之後會分成兩條，一條通往精靈國的境外領土，另一條通往半獸人國。

雖然名為驛道，其實路寬狹窄，馬車要會車也很勉強。

去半獸人國辦事的人並不多，想去精靈國的境外領土還有更安全的道路，所以交通量不大。

順道一提，霸修之所以沒有走這條路，是因為半獸人沒有走馬路的習慣。

對在森林裡不會迷路，地形稍微崎嶇一點也不太會受到影響的他們來說，驛道根本派不上用場。

在這條布里庫斯驛道上發生了一起意外。

貨運馬車遭到熊地精襲擊，車上的商人喪命。算是經常發生的意外。

雖然說戰爭已經結束了，襲擊人類的野獸也不會因此消失。

智能不高的魔獸四處遊走，偶爾會襲擊人類。

5.追蹤

只是次數太多了。

因此克拉塞爾的騎士團長休士頓發出了委託，請獵人們討伐熊地精。

在大多數的狀況下，會接連發生這樣的意外都是因為野獸在森林裡繁殖過多而起。

既然如此，只要驅除牠們就行了。

獵人驅除了幾個比較大的熊地精群。

總不能殺光西邊森林裡所有的熊地精，只要消滅掉幾個比較大的熊群也有顯著的效果。

這樣就解決一個問題了。

雖然襲擊事件大概不會完全消失，但次數應該會變少吧。

然而，事情卻並非如此。

在驅除了熊地精後，襲擊依舊以同樣的頻率繼續發生。

事有蹊蹺。心裡這麼想的休士頓便命令菜鳥騎士茱迪絲調查這個案子。

她雖然是菜鳥，當上騎士也已經一年了。差不多是時候該派點工作給她了。

茱迪絲興高采烈地開始調查。她還算優秀，儘管對於第一次接到的任務多有困惑，卻也收集到幾項令人在意的情報。首先，棲息在西邊的森林裡的熊地精其實不算太多。

即使不算冒險者們的討伐報告，熊地精原本的棲息數量也沒有多到會有意外頻傳的程度。

還有，遭到襲擊的商人原本在的貨物中，有一些不見了。數量雖然少到必須有大型商號對照清單才會發現，不過該有的東西確實消失了。

或許是熊地精或野生動物基於好奇心拿走的，可是頻率未免也太高了一點。

根據這兩點判斷，休士頓認為其中有人為因素。

有人假裝是熊地精幹的好事而發動了襲擊，然後每次都摸走一點商品。

然而，犯人卻一直都抓不到。

襲擊事件持續發生。但無論怎麼調查現場遺留下來的痕跡，都是熊地精的。

熊地精們不會接近有護衛的商隊，不過戰爭結束才三年，許多商人都是剛開始打拚，不是所有人都能僱用護衛。

即使問到目擊情報，所能得知的也只有是熊地精的所作所為。

而且因為人命關天，也不能僱用諜報員從頭到尾觀察整起襲擊事件。

於是，茱迪絲查到這裡就撞進了死胡同。

查不到的情報、看不到的真相、抓不到的犯人……所有事情都不清不楚，讓茱迪絲焦頭爛額，急躁不堪。

這是她的第一個任務，更讓她心急如焚。

而就在茱迪絲不知該如何是好的時候，意外發生了。

5.追蹤

在她巡邏驛道時，正好發現了剛遭到襲擊沒多久的馬車。

不過，當時並沒有發現動手的人。

但仔細調查現場之後，發現有半獸人的腳印。追蹤之後發現腳印一路通往克拉塞爾。接著在鎮上收集目擊情報，得到有半獸人進入城鎮的消息。此外，更有女商人提供證詞說在森林被半獸人襲擊。

見獵心喜的茱迪絲針對這些情報繼續調查。

然後，她查出女商人說的襲擊她們的半獸人就住在某間旅社。

如果再調查得更仔細一點，應該會發現這個半獸人似乎不是襲擊者才對……但茱迪絲操之過急了。

好不容易得到的疑似線索的情報讓她心想「竟有此事。驛道的襲擊事件的犯人居然就在鎮上！怪不得不會被發現！丈八燈臺照遠不照近！好，我要以此為契機，將鎮上的竊盜團一網打盡！」而異常亢奮。

於是她就帶著士兵前往旅社——事情就演變為誤抓霸修了。

「事情就是這樣。霸修先生，你怎麼看？」

霸修來到了襲擊現場。毀壞的馬車，以及過了幾天已經爬滿蒼蠅的馬屍。

還有，清晰可見的腳印。

腳印有三種。商人的，霸修的……和無數的熊地精腳印。

「……是熊地精的襲擊吧。」

霸修大致上看過襲擊現場後，如此做出結論。

在戰爭期間，類似這樣的襲擊事件也發生過好幾次。大致上都是敵國士兵的所作所為，不過偶爾也有被野獸和魔物襲擊的狀況。半獸人多半都是戰士，大多都能夠擊退對手，但要是襲擊而至的群體太大的話，有時也會不慎落敗。

呈現在眼前的跡象和襲擊事件的現場一模一樣。

「哼。半獸人到頭來還是半獸人。那種事情看了就知道吧？」

「唔……」

茱迪絲挑釁似的從鼻子哼了一聲。霸修是戰士，這種調查行動並非他所擅長。所以他也只能看見什麼說什麼。話雖如此，他還是千方百計地想好好表現一下。

「這個嘛……首先，除了商人們的以外，現場沒有其他遺留痕跡。貨物也幾乎沒被動過。即使是在敵軍試圖偽裝的狀況下，也不太可能不碰貨物……尤其是食物和水會第一個被搶走。如果現在還是戰爭期間，大概會當成熊地精的襲擊來結案吧。」

「是啊。然後呢？」

霸修的小腦袋全力轉個不停。

他這麼用力動腦的經驗，大概只有在阿留夏洞窟差點被矮人大軍活埋的時候了吧。

那個時候，他耗盡手上的所有情報當成資源才成功脫逃。

「……如果這麼做的是人，應該有什麼目的才對。」

「所以啊！你說的那個目的就是為了不讓別人發現襲擊商人的是人啊。不被發現的話就不會被抓，可以過很久盜賊生活。真是的，就是這樣我才會說半獸人笨到令人傷腦筋……」

「唔……」

霸修瞄了一下他的妖精搭檔。

這種時候，詢問負責偵查的妖精的意見是半獸人戰士的常情。

捷兒在現場看了一圈，同時邊在空中翻轉邊低吟沉思，但被霸修一看還是搖了搖頭。

「這個嘛，以現狀而言也只能說是熊地精的襲擊了。」

「我就說吧。那當然了。我們再怎麼調查都查不清楚的事情，你們來稍微看一下怎麼可能看出什麼端倪啊。」

茱迪絲自以為是地挺起胸膛，但這並不是什麼值得驕傲的事情。

總之，既然捷兒也看不出端倪，霸修當然也什麼都不知道。

「那就開始追蹤好了。」

「是啊，進行下一步吧。」

「下一步？你們在說什麼啊。」

茱迪絲依然維持著挺起胸膛的姿勢，狐疑地看著兩人。

「還什麼不什麼的，追蹤熊地精啊。」

聽捷兒這麼說，茱迪絲的頭上浮現了問號。

「追蹤？你在說什麼啊。熊地精是很狡猾的。就連一流的獵人也無法追蹤牠們。」

熊地精無法追蹤。

這是智人的常識。牠們會巧妙地消除腳印，糞便也只有回到巢穴後才會排泄。回巢的時候還會故意過河，或是在樹上移動，消除痕跡。

所以獵人要驅除熊地精時，還要焚燒特殊的香將牠們引誘過來。

那種香是以熊地精血製成，燒了之後會讓誤以為地盤被搗亂的熊地精集體發動襲擊。

不過那也得在熊地精的地盤燒香就是了。

「……哎呀？對智人而言是這樣啊？」

說是這麼說，但那也只是智人的常識。

其他種族可不見得是這樣。

「你的意思是妖精不一樣嗎？」

「不不不，妖精才不會做出追蹤那種野蠻的事呢。再說，追著熊地精到處跑有什麼意思

5.追蹤

啊？雖然熊地精是不存在於妖精國的野獸，所以或許有人會基於好奇追上去就是了……」

熊地精是原本不存在於智人國的魔物。

然而，在戰爭結束後也開始在智人國出現了。

為什麼？熊地精移動了？牠們應該是地盤意識很強的野獸才對啊？

不對，事情不是這樣。是因為智人搶走了某個種族的領土。熊地精只在那塊領土產生。

那麼，熊地精原本是在哪個種族的領土呢？

「想追熊地精就靠半獸人。他們都已經追了幾百年了。」

沒錯，就是半獸人國。

◇

魔獸，是一種有害的野獸。

即使以為已經驅除了，過了一段時間還是會自然產生，有時會襲擊田地和家畜。

數量夠多了有時也會積極襲擊人類。

要問一般的野獸和魔獸有什麼不同的話，差別不是很多……只有一點。魔獸每隔一定週期就會自然產生，大概就是這樣了吧。

順帶一提，過去都說魔獸與野獸的差別在於是否積極襲擊人類。

因此，獸人和半獸人、惡魔這些現在被當成「人類」的種族，在戰爭前好像也被當成是魔獸或魔物。智人的古文書上是這樣寫的。

言歸正傳，熊地精也是魔物的一種，不過對於半獸人們而言，牠們和其他野獸沒有太大的不同。

味道不算很好吃，不過體型龐大數量又多，可以飽餐一頓。

因此，半獸人經常獵取熊地精。狩獵行動又經常在一大早進行，所以對他們來說確實是能在早餐之前完成的輕鬆工作。

在戰爭期間，霸修也經常狩獵熊地精。

「……」

霸修不發一語地追蹤著熊地精。

儘管已經許久沒打獵了，他的行動還是相當熟練。

熊地精相當狡猾，但並非完全不會留下痕跡。

尤其是牠們抹在樹木上的唾液的氣味，是追蹤時的一大依據。

半獸人的鼻子很靈。尤其是對魔獸的氣味特別敏感。即使是智人獵戶聞不出來的些微氣味，半獸人也能接收到。關於魔獸的氣味，據說半獸人的感受更在獸人族之上。

5.追蹤

反過來說，如果沒有半獸人的鼻子就很難追蹤熊地精了。

熊地精對於不留下自己的痕跡堅持到了病態的地步。即使找到了牠們的腳印，多半也都不值得信任。牠們會在完全不同於巢穴的方向留下腳印，欺騙追蹤者的眼睛。

「我知道半獸人對魔物的嗅覺特別突出，但沒想到居然靈敏到這種地步……」

休士頓看著默默追蹤熊地精的霸修，如此感嘆。

「這不算什麼。不同於獸人，我們很容易被混淆，這種事情你應該知道才對。」

「是……是沒錯……」

對於霸修的回應，休士頓只能苦笑。

半獸人的嗅覺靈敏歸靈敏，卻有點隨便。他們聞得出有氣味，卻無法分辨氣味之間的細微不同。智人就曾利用這一點引誘半獸人，將他們一網打盡。

想出這種策略的當然是休士頓。

休士頓也曾用這個方法設陷阱對付霸修，試圖殺掉他。

「總而言之，這樣應該很快就可以抵達發動襲擊的熊地精的所在地了呢。」

在霸修的帶領之下，後面陸陸續續跟著七個人。

休士頓和茱迪絲，還有五名士兵。士兵全都是休士頓拉拔起來的。

他們五個自從戰爭期間就跟著休士頓……當然，也知道霸修這號人物。話雖如此，他們只不過是小卒。沒有任何一個對敵人有興趣，更不像休士頓對半獸人那麼熟悉。

聽到「半獸人英雄」這幾個字，也不知道那是多麼重要的地位。

在戰場上到處大鬧的超危險半獸人——他們對霸修的認知只有這樣。

出發前休士頓交代他們說「雖然是半獸人，對方也是有相當地位的人物，無須提防他。」，但對他們來說，霸修依然是個來路不明的半獸人。

他們一方面戒備四周以防備隨時可能遭受的突襲，同時也在注意霸修。

反倒是為何休士頓會對一個半獸人敞開心胸到這種地步一事還比較讓他們懷疑。

「休士頓大人是怎麼了……平常明明那麼痛恨半獸人。」

「我不懂。」

「……或許，大人在戰爭期間曾和那個半獸人有什麼過去也說不定。」

士兵們輕聲地互相討論，以自己的方式消化休士頓的態度。

「有什麼過去是什麼意思？難不成他對大人用了魅術嗎？他是半獸人耶。」

「天曉得。總之，那個殺豬屠夫休士頓大人都對他敞開心胸到這種地步了，所以一定有什麼重大的原因吧。」

「哈比和蜥蜴人當中也有好人。所以半獸人中有好人也沒什麼好奇怪的吧。」

「這麼說也對……再說，那個半獸人好像是個特殊人物。」

5.追蹤

士兵們像這樣擅自接納了一切，但也有人無法接受。

是茱迪絲。

「……哼。」

在身邊的士兵們逐漸軟化態度的時候，只有她依然以凶狠的眼神瞪著罷休。

「！」

這時，霸修突然轉過頭來。

茱迪絲連忙想別開視線，但她問心無愧，又覺得自己別開視線好像是輸給霸修，便繼續瞪著他。

霸修那張凶神惡煞般的臉連眉頭也沒皺一下，繼續看著茱迪絲。

兩人就這麼眉來眼去了好一陣子。茱迪絲一副先別開視線就輸了似的，在眼睛上多用了幾分力。她心想，要是在這時候表現出畏縮的態度，這個半獸人一定會得寸進尺。

「呵。」

然而，霸修像看穿了她這樣的心思，別開了視線，感覺像在說真受不了她似的。

「啥！」

茱迪絲再怎麼菜也看得出來。

他瞧不起自己。他覺得自己連起爭執的價值都沒有。

（竟敢小看我……！）

當然，霸修沒有這種意圖。

他是在實踐捷兒教他的第四課和第五課，「熱情的視線」和「意有所指的笑容」。

女智人無法抗拒願意注視自己的男人。另外，也無法抗拒高深莫測的神祕男人。

男人不經意地露出意有所指的笑容更讓她們心動。

女智人還真是充滿了弱點。

話說回來，這些弱點似乎無法套用在茱迪絲身上。

「霸修先生，怎麼了嗎？」

「沒什麼……差不多到近處了。」

聽他這麼說，休士頓收斂起表情，舉起一隻手。

手勢一出，士兵們同時立定。在一個「喀嚓」聲之後，眾人便動也不動了。

休士頓親自帶出來的士兵即使身穿沉重的甲冑，也能維持立正姿勢而不發出任何聲響。

他們都是在發出聲響就會喪命的戰場上活到最後的人。

「那麼，該用無音了。茱迪絲。」

「……遵命。」

被休士頓這麼一說，茱迪絲心不甘情不願地拿起腰間的法杖。

5.追蹤

她嘴裡唸唸有詞，一一對士兵們施展「無音魔法」。

施展這類輔助魔法時，必須接觸對方才行。

理所當然地，在要觸碰霸修的時候，茱迪絲瞬間猶豫了一下。不過她也不好在上司面前堂而皇之地排斥霸修。雖然沒能順利做出成果，但這是她的第一個任務。不能因為感情用事而搞砸。

她帶著憤恨不已的表情，將手放到霸修裸露在外的肩膀上。

「喔呼。」

就在那一剎那，霸修發出怪聲。

突如其來的叫聲讓茱迪絲整個人抖了一下。

「有事嗎？」

「沒有，抱歉。妳的手有點冷。」

霸修為了設法掩飾如此回答。當然，他怪叫是因為第一次感受到女人的手的柔軟而感動不已的緣故。他現在就想立刻緊緊抱住眼前的女人。這樣的衝動不斷湧現。

但是，他忍住了。

那樣做會讓女智人討厭，這種事情不用捷兒教他也知道。

尤其個性強勢的女人更是如此。

戰爭期間，他曾經見過大隊長帶著女人一起走，大隊長光是抱住她就讓她半失控地瘋狂掙扎。

那時候，大隊長應該也沒有真的要交配的意思，抱住她也是半開玩笑。附近的半獸人們也都是笑著看那一幕，但看她抓狂成那樣，對智人而言應該是截然不同的心情吧。

如果在現在這個世道那麼做，大概會被認定是強迫交配。

因此霸修用力制住自己的身體，也壓抑著急促的呼吸。

第六課：呼吸急促的男人不受歡迎。

半獸人在面對戰鬥或女人的時候都會興奮到呼吸急促，但在女智人面前千萬不能這樣。

在霸修像這樣忍耐的時候，他的身體發出微弱的光芒。這是魔法生效的徵兆。會讓自己看起來野蠻。

「好，先派人去偵查吧。」

休士頓如此提議，捷兒便咻地一聲飛出來。

「偵查工作包在我身上！即使是巴佛山的火山口我都敢飛進去！」

捷兒這麼說完，還沒等到回應，就已經「啪咻」一聲朝森林深處飛進去了。同時還留下一句「太陽完全升起之前我就會回來了～」。

「……也好，交給捷兒大人確實是不成問題。」

5.追蹤

休士頓對捷兒也很熟悉。

那個妖精，無論敵軍陣營藏在多麼難以發現的地方，他都能瞬間找到。然後潛入敵軍陣營深處，指引罷休破壞部隊。他既是偵查專家，也是潛入專家。休士頓對他的認知是這樣。

「是……啊……」

「在捷兒大人回來之前，我們先在這裡待命吧。」

「好。」

霸修在點頭之餘，卻隱約有點苦瓜臉。

因為他知道。捷兒幾乎可以說是一定找得到敵人。不過，同時也有差不多一半的機率會被敵人發現而被抓住……

——然後不出所料，捷兒果然沒有回來。

6. 擬餌捷兒

嬌小又迅速的妖精是最適任的偵查員。

一般人會這麼覺得，但其實不然。他們有著會散發出微弱光芒的性質。在夜晚，或是在陰暗的森林之類的地方，這樣非常顯眼。如果只是顯眼還無妨。妖精能高速飛行又嬌小。只是顯眼的話也不算太嚴重的負面因素。

最重要的問題是，妖精本身會忘記自己的性質。

藏頭不藏尾。

妖精經常沒發現自己在發光而躲進暗處，結果被輕鬆找出來抓住。

所幸，妖精基本上不會被殺害。一方面是因為妖精可以當成藥，更因為許多人都有一種迷信，認為殺害妖精會下地獄或帶來災禍。

總而言之，霸修原本就對捷兒的偵查不抱太大的期待。

能夠順利回來的話當然沒問題。就算捷兒再怎麼脫線，要面對的只有熊地精的話也不至於被抓住，要面對的是人類的話就不會被殺。如果被抓住了，就比照戰爭期間的做法，由霸

6.擬餌捷兒

修追蹤捷兒的氣味即可。

然後不出所料，捷兒沒回來。

「看來是被抓住了吧。」

霸修一行人追著捷兒的氣味，移動到某個地方來了。

眼前所見是一處洞窟。入口以藤蔓等等巧妙地掩蓋住了。如果沒有人告訴休士頓等人那裡有洞窟的話，他們大概不會發現吧。

「這是人類的作為。看來有人在操控熊地精。」

「馴獸師，是嗎？」

惡魔族的祕術當中，有操控魔獸和魔物的術法。當初只有七種族聯合使用的那種祕術，在漫長的戰爭中遭到分析，最後每個國家都開始使用。

智人的賢者操控巨大的噴火龍是非常知名的事情。

戰爭結束之後，各國都縮編軍隊，很多原本是軍人的人都失業了。

過去是馴獸師的人淪落為盜賊也不足為奇。

「那我們立刻攻堅吧！救出妖精，將熊地精連同那個馴獸師全都殺光。就這麼辦吧，休士頓大人！」

茱迪絲如此主張。己方有人被抓住了就該去救出來。理所當然的意見。

「不……等到晚上比較好。」

然而休士頓聽了她的意見，卻要她稍安勿躁。

「我們不知道內部是怎樣的結構，也不清楚敵人的人數，這樣很有可能滅團。至少也該採用夜襲。」

「不會吧……」

地點是洞窟。很有可能是敵人的根據地。照理來說，應該先回鎮上一趟，叫援軍過來才對。帶二十多三十個鎮上的士兵過來包圍洞窟，不是攻堅，而是用煙霧之類的手段將敵人逼出來。

如果是平常的休士頓，肯定會這麼做沒錯。

但是，現在己方有人被抓住了。

也不知道犯人會如何對待俘虜。

對方一直以來都謹慎行事，所以在知道有人發現自己的存在時，當下的想法應該是殺掉目擊者。

但捷兒應該不會立刻被殺掉。

捷兒是妖精，又是單獨行動。只要他不說溜嘴，敵人應該不會立刻發現他有同伴。

捷兒也是在戰爭當中戰鬥到最後，身經百戰的戰士。應該不會洩漏重要情報才對。

6.擬餌捷兒

既然如此，被抓住之後就被關進瓶子裡當成醫藥箱使用應該是最有可能的狀況。

當然，若是休士頓就不會這麼做。他會認為有妖精混進來是某種預兆，立刻殺掉捷兒，並且撤出這個洞窟吧。

那些傢伙目前為止是一路順遂。一路順遂的時候，要看重微乎其微的不順，立刻捨棄一切逃離舒適圈，是相當難以做出的判斷。這麼想的話，妖精目前應該是平安無事才是。

只是，也不能一直這麼樂觀。

如果捷兒老愛說個沒完又油嘴滑舌，要是說溜了嘴……

我的同伴馬上就會來救我了！他們是克拉塞爾的警衛隊！像你們這種貨色馬上就會被抓起來送上斷頭臺了！

要是他說出這種話來就另當別論了。

對於這種發言，對方一開始或許會嗤之以鼻。不過就是妖精在胡說八道，這個醫藥箱還真愛講話，他們可能會如此嘲弄捷兒吧。

不過，這也只會持續到明天的清晨。

人只要睡了一晚，思路就會神奇地變得清晰，進而導出正確答案。到了明天早上，捷兒就會小命不保，裡面的人跟著消失一空。他們之前都能一直在不被克拉塞爾的人察覺的狀況下襲擊目標，行事謹慎，自然會這麼做吧。

老實說，即使事情變成這樣，休士頓也無所謂。只要驛道上不再發生事件，就等於保住了克拉塞爾的和平。

然而，現在有部下在看。

雖然捷兒不是部下，但要是在部下面前滿不在乎地決定捨棄同伴，考慮到自己今後的處境，這不是一件好事。

而且霸修也在看。要對這位偉大的半獸人的舊交見死不救，休士頓可沒那種勇氣。

所以，他要以現有的戰力進行救援作戰。

平白浪費現有的部下更不是一件好事，所以為了提升作戰的成功機率，他要發動夜襲。

要是捷兒說溜了嘴，那些傢伙現在應該很緊張才對。

他們應該會嚴陣以待，防範敵人立刻來襲。但這種緊張不會持續太久。稍微等一下可以讓對方掉以輕心，再趁他們睡著之際發動襲擊。如果捷兒還活著，這樣應該也能提高他的生存機率才對。

「霸修大人，這樣可以嗎？」

休士頓姑且也問了一下霸修的意思。

以他的本事，大可一個人攻堅，一個人殲滅裡面所有的敵人吧。

順利的話，休士頓他們甚至沒有攻堅的必要。

6.擬餌捷兒

或許會有人覺得，既然如此趕快攻堅不就得了，但休士頓是個謹慎的男人。

他不太想依靠不確定因素。

當然，如果霸修反對休士頓的做法，決定攻堅，休士頓也打算聽他的。

「……無所謂。」

然而，霸修在沉默了一會兒之後，如此回答。

聽了他的回答，茱迪絲表達了不滿。

「嘖……連你也打算等嗎？被抓住的可是你的夥伴啊！半獸人不是在不利的狀況下也會勇敢戰鬥的戰士嗎！」

「半獸人在任何狀況下都會聽從命令，英勇奮戰。既然指揮官決定要那麼做，我只會聽從。」

半獸人不經大腦地反覆衝鋒陷陣的狀況只發生在戰爭的最初期。

從埋伏與奇襲，截斷部隊並各個擊破，狙擊指揮官等戰略開始，甚至連燒燬糧倉及水攻都用上了。

這些全都是遵從指揮官的指示所做出的行動。

諷刺的是，在百年間教會半獸人這些的正是智人。

雖然行動不及智人的複雜與縝密，但半獸人也會先想過再行動。

否則，就不會有小隊長與中隊長、大隊長這些階級誕生了。

此外，半獸人也有「待在其他氏族的村莊時，應遵循氏族長的指示」這樣的戒律。

換句話說，站在霸修的立場，他也打算把休士頓當成指揮官而行動。

「況且，不需要擔心捷兒。」

「所以說你說那種話到底有什麼根據啊……夠了，多說無益！休士頓大人，請下令。茱迪絲願帶領五名部下攻進洞窟，將裡面的人全數誅殺。」

在霸修與茱迪絲兩人的注視之下，休士頓摸著下巴想了一下。

「嗯……誠如茱迪絲所說，捷兒大人的性命令人擔憂。妖精不會被殺，這雖然是經常聽到的說法，但並非絕對。你有什麼根據嗎？」

「如果會死在這裡，捷兒早就死在戰爭當中了。」

休士頓推敲著這段簡短話語中的意涵。即使是妖精，會被殺的時候還是會被殺。

但是，捷兒是在戰爭期間被抓過無數次，並且活到最後的妖精。

老實說，這也很有可能是運氣好。

然而……休士頓並不這麼想。

捷兒被抓的次數，單就休士頓所知，也已經是相當大的數字。

再加上他不知道的部分，數字大概相當可觀。若是尋常的妖精，被抓到那麼多次可能已

6.擬餌捷兒

經死過上百次了，他卻活了下來。這肯定不是只有運氣好那麼簡單。

「原來如此……說來也是。『擬餌捷兒』。雖然無法親眼目睹他的手腕，不過就讓我們拭目以待吧。」

捷兒的名聲算是相當響亮。

有別名也能說是證明了他在戰爭當中有多麼活躍。無論實情如何。

「好，所有人待命。我們在無音魔法的有效範圍內監視洞窟，等到那些傢伙熟睡之後再發動突擊。」

在這裡等。休士頓如此決定了。

然而，茱迪絲還是無法接受。

「這怎麼行！請等一下，休士頓大人！」

「怎樣？」

「我方可能有人被抓住了耶！」

「沒錯。所以即使想做好萬全的準備，卻沒有時間回鎮上。因此，我們要以現在的人數發動夜襲。」

「應該現在立刻攻堅才對。」

「不行。太危險了。先待命。」

休士頓加強語氣這麼說，茱迪絲便忍氣吞聲，退了下去。

不過，她依然是一臉不滿。

休士頓比較重視霸修的意見而不是她的意見，而且再這樣下去她的功勞會變成休士頓的功勞。休士頓認為她的不滿是針對這些方面。

（畢竟是第一次分配到的任務，這也是無可奈何的事情。）

雖然他這麼想，但指揮權目前是在他身上。

在他表示要同行的那一刻起，這就已經不是茱迪絲一個人的任務了。

現在形同是他在事情將成未成的時候收回指揮權，不過既然由他負責指揮，就必須讓部下全部活著回去，同時也要解決這個案子。

休士頓完全是這個打算。

「好，那麼留一個人看守，剩下的補充睡眠……霸修大人，這樣可以吧？」

「一切遵循指揮官的命令。」

霸修這麼說完，背便靠到附近的樹上，閉上眼睛。

「好，那麼傑特，你來看守。有什麼狀況立刻叫醒我。」

派一個人負責看守。

距離那些傢伙可能入睡的時間約莫還有五小時。

到時候就讓看守的人休息，派另外一個人留在入口把風。這兩個人負責殿後。剩下的人攻堅。

之所以留下兩個人，是為了因應深夜有敵人的援軍前來，以及萬一休士頓等人滅團時，有人得負責回到鎮上把事情的始末告訴副團長。

照理來說，這種事由休士頓自己負責才是正常套路。

現在有茱迪絲可以當現場指揮官。身為最高負責人的休士頓應該重視安全才是……可是，有霸修在看，不參加攻堅小隊、待在安全的地方這種選擇，他辦不到。

「……」

但是，休士頓忘了幾件事。

士兵們姑且不論，不過茱迪絲是個才剛當上騎士一年的菜鳥。

而且她是在和平時代當上騎士，只做過和平時代的騎士的工作。

同時他也沒發現。

部下們跟著這樣的菜鳥騎士，想要擁她成材。

而且對於重視半獸人的發言，行動起來謹慎再謹慎的休士頓，心中充滿了不滿……

◆

另一方面，在同一時刻，捷兒正在拚命求饒。

「真的啦，我真的只是碰巧路過而已！我一個妖精什麼都沒帶，一路隨興自由地旅行，結果就發現這麼一個好像不錯的洞窟，想說讓這個洞窟成為我的大冒險故事中的一個章節，怎麼也沒想到這裡是幾位大爺的住處，害我無意間打擾到幾位大爺，對此我打從心底道歉。所以真的拜託幾位，千萬不要殺我……啊，不然這樣好了，小的也想成為幾位的同伴。大爺們想想，小的是妖精，所以能夠製造那種粉末。就是那種粉末啊，大家最喜歡的妖精粉！」

進到洞窟裡面，理所當然地被逮住的捷兒在幾個凶神惡煞的盜賊的包圍之下，不斷提出諸如此類的說詞。

盜賊們各個一臉困惑。

他們發現洞窟裡有詭異的發光體，結果試著抓起來之後，發光體就像這樣不斷求饒，前後也有一個小時了。

被五花大綁的他像毛毛蟲一樣爬向盜賊們，親吻他們的腳背，就連聽慣人家求饒的盜賊們，看見他這副模樣也不禁覺得可憐。

一般人不太曉得，這個名叫捷兒的妖精，在遇見霸修之前是以「求饒的捷兒」這個名號著稱。

6.擬餌捷兒

是個即使碰上以會抓妖精來吃聞名的「吞食妖精的戈頓」也能毫無殘缺地生還的強者。

求饒的模樣能夠引發所有看到的人的憐憫心。

這就是捷兒能在戰爭當中存活下來的技巧之一。

「也罷，好端端的何必殺妖精。」

「而且還有粉。」

「要是殺了他搞不好還會被詛咒。」

盜賊們一邊這麼說，一邊看著彼此。

這些不修邊幅的男人全部都是智人。

智人自古以來就有一個傳說，殺了妖精會惹來永世持續的詛咒。

再考慮到妖精還會製造能治百病的粉末，智人完全沒理由殺妖精。

「所以了，來吧，快把這種無聊的繩子鬆開，大家一起沐浴在我的妖精粉之中吧？幸福的粉末可以讓大家的心情好起來喔！」

「你白痴嗎？誰要幫你鬆綁啊。」

不過他們也不可能幫捷兒鬆綁。

妖精是活在當下的生物。他們很清楚，一旦幫妖精鬆綁就會立刻逃跑。

關進籠子或瓶子裡飼養，是處理妖精最常見的方式。

「不是啦，真的，我說真的，沒有繩子綁住比較會出粉喔！真的超會出的！別看我這樣，我過去在故鄉的別名『噴粉』可不是浪得虛名喔！」

這種事捷兒也很清楚。

正因為如此，他才拚了命地討好盜賊們，想要避免不必要的拘束。不過多半都不會成功就是了。

「喂，怎麼了？」

這時盜賊們身後響起一個格外粗獷的聲音。

盜賊們同時轉過頭去。

「頭目——！」

盜賊們的聲音聽起來很開心。

幾名盜賊讓出一條路後，被他們稱為頭目的男人便來到捷兒的視野當中。

盜賊們稱為頭目的男人。原本還在想會是多麼凶神惡煞的男人，一見還真的是個凶神惡煞的男人。

粗壯的手臂、血盆大口、銳利的眼神。

身上穿著粗製濫造的皮衣，掛著一點也不帥氣的骷髏項鍊。

還有一個最明顯的特色，就是他的膚色。

6.擬餌捷兒

綠色。要順便再多描述一下的話，確實有兩根又尖又大的獠牙從嘴裡長出來。

頭目是半獸人。

「啊……啊——！」

捷兒見到那個半獸人的時候，認知到在記憶角落裡有那麼一點點曾經見過他的印象。

只有那麼一點點。所以，他想不起名字。可是既然記得對方，就表示他們在戰爭當中見過面。

「大爺！這不是大爺嗎！好久不見了！是我啊！我是捷兒！妖精捷兒啊！」

這邊岔題一下，其實捷兒不擅長記別人的名字，也不擅長記別人的長相。

半獸人中他能夠完全辨認的只有霸修，其他的都記得非常模糊。當然，他根本不記得眼前的半獸人叫什麼名字。附帶一提，他對半獸人的稱呼大致上不是「大爺」就是「大哥」。

「怎麼？這不是霸修的馬屁精嗎？你在這種地方做什麼？」

然後，捷兒倒是相當出名。

尤其在半獸人族群之中，更是沒有人不知道和那個英雄霸修一起馳騁沙場的妖精。

「聽我說，你有所不知啊，大爺！小的在戰爭結束之後，想說稍微見識一下這個世界，就到處去旅行。然後，在我覺得喔，有個相當不錯的洞窟呢，裡面還有寶藏的味道撲鼻而來，結果進來一看，原來味道的來源是沒洗澡的盜賊！大爺，你救救我吧～」

被綁成蓑衣蟲狀態的捷兒跳著蹭了過去。

雖然模樣很窩囊，但看在被稱為頭目的半獸人眼裡，他也是戰友。

這隻蓑衣蟲，還有號稱英雄的霸修，救過這個半獸人不知道多少次。

「好啦好啦……幫他鬆綁，我認識他。」

「這樣好嗎？妖精是出了名的多嘴耶？我們的存在不會傳到眾所皆知嗎……」

見盜賊們遲遲不肯動手，半獸人醜惡的臉上顯示出不悅。

半獸人將那張臉湊向捷兒，語帶威脅地對他低語。

「喂，不准告訴任何人我們在這裡，這是祕密，聽懂了嗎？」

「那當然了！我過去曾經洩漏過祕密嗎！守口如瓶的我曾經招供過嗎！不，沒有！如果有的話霸修老大早就死在戰爭中，半獸人國都得立雕像紀念他了！」

實際上，捷兒是沒洩漏過祕密。

他經常洩漏不是祕密的事情沒錯，而什麼事情是祕密、什麼不是，自有捷兒自己的基準來判斷。

因此，他不曾洩漏過祕密。

「好，幫他鬆綁。」

「……好。」

6.擬餌捷兒

聽頭目這麼說，盜賊們儘管有話想說，但還是解開了捷兒身上的繩索。

原本以為在繩索被解開的瞬間，捷兒就會飛到半空中，直線朝外面飛去，他卻沒這麼做，而是輕飄飄地飛到頭目面前來。

「哎呀～得救了，大爺果然不是蓋的！下面大心眼也大！可是大爺，你為什麼會在這種地方帶著一群智人當頭目啊？」

他的任務是收集情報。

即使是自由奔放的妖精，他也沒有忘記自己的工作。

「哼，還有為什麼，不就是因為涅墨西斯那個傢伙說什麼要和智人和平相處嗎？半獸人沒了戰鬥還剩下什麼！那種事誰能接受啊！於是我就憤而離開國家，碰巧遇見這些傢伙，一拍即合。」

半獸人看了看身邊，盜賊們便跟著笑了一下。

「我不爽智人，這幾個傢伙不爽半獸人，不同種族當中也有想法類似的傢伙，事情就是這樣。」

「是喔～！所以在這裡的是一群追求戰鬥的戰鬥團隊嘍！見人就殺，一個不留嗎！你們是毀滅者軍團嗎！」

「沒錯！……我是很想這麼說，不過事情沒有那麼容易。目前我們處於躲避半獸人和智人的耳目，好好儲備力量的階段。如此準備好充分的戰力後，我們的正式活動才會開始！」

「哦哦～！大爺果然厲害～！」

捷兒在浮誇地假裝驚訝之餘，內心想著「該問的也問到了，差不多該閃人了吧」，同時輕飄飄地在附近晃蕩。

這時，他發現黑暗中有幾隻眼睛閃閃發亮的生物。

「哇！那那那、那邊有東西！」

「什麼有東西啊，你忘記了嗎？我是馴獸師啊？」

聽對方這麼說，捷兒想起了惡魔族的祕術。

那和魔法不太一樣，是一種奇妙的術法。不是法師也能夠使用的黑暗力量。能讓目標意識模糊，進而自由操控的術法。沒錯，比方說……操控智能不高的魔物之類的。

「你在操控熊地精啊！」

這時，眼前的半獸人是何方神聖，終於從捷兒的小腦袋的抽屜裡蹦了出來。

這個半獸人名叫柏格斯。是戰爭結束的時候還活著的八名大隊長之一。

馴獸大師柏格斯。他所操控的百頭熊地精讓多達數千的智人血流成河。

當然，他不是只會操控熊地精。半獸人一律具備身為戰士的資質。他本身也揮舞鋼鐵製的鎚頭杖，將數以百計的敵人化為肉塊。

6.擬餌捷兒

待在戰場上的時間長達四十年以上，是身經百戰的戰士之一。

「不過，我一手帶大的熊地精也已經剩沒幾隻了……」

說著，柏格斯以慈愛的眼神看向窩在洞窟角落休息的熊地精。

戰爭期間，柏格斯身邊的熊地精超過百頭。

他是半獸人中能夠操控最多熊地精的男人。

但在戰爭末期，他的熊地精遭到毀滅性的打擊，數量銳減到個位數。

現在，這個洞窟裡可以見到十多隻熊地精。

看得出身經百戰，體格魁梧的……只有幾頭。

其他的，大概都是馴服之後還過不了幾年的熊地精吧。和身經百戰的幾頭相比，身形明顯看得出比較孱弱。原本說起柏格斯的熊地精，可是兼具凌駕於食人魔之上的臂力，以及與蜥蜴人並駕齊驅的敏捷，足以稱作半獸人的殺手鐧呢。

「但，這也只是現在如此罷了……隻數也增加得很順利。在那之後，我會找時間教這些傢伙怎麼用馴獸術，建立最強的軍團。」

仔細一看，那些熊群當中也有還很小的，個頭和捷兒差不多大的熊地精。

那是熊地精的幼獸。熊地精大概半年就會從幼獸長大為成獸。

幼獸根本就不太可能看到。

「等到那一天來臨，本大爺就要以半獸人王之姿大鬧一場，對抗整個世界。」

對高談遠大野心的柏格斯，智人盜賊們紛紛鼓掌叫好，還有人說「說得好啊，頭目」。

不過在捷兒看來，盜賊們並不是那麼有幹勁。

他們看起來就是只想偷雞摸狗、遊手好閒、得過且過的樣子。

「吼嗚嗚嗚……」

這時，熊地精出聲低吼。

聽見牠們的吼聲，柏格斯和盜賊們手拿武器站起來。

「怎麼了！」

「有入侵者！咱們上！」

柏格斯如此大喊，同時拿著鋼鐵鎚頭杖衝出去。

熊地精和盜賊們也都跟了過去。他們不愧是經歷過戰爭的人，行動十分迅速。

過了一會兒，洞窟裡的燈光忽然熄滅。

只有捷兒散發出來的朦朧亮光照耀著整個空間。

他完全被丟了下來，不過這是個逃跑的好機會。

儘管如此，入侵者者三個字也讓捷兒很掛心。

如果是霸修決定攻堅，狀況未免有些古怪。

6.擬餌捷兒

「可惡！哪來的攻擊！」

「喂，是女人，有女人啊！呀哈——！」

「誰點個火……呀啊啊啊——！」

「誰被幹掉了！喂！」

「不知道，暗成這樣！嗚啊！」

「所以說快點火！」

不久後，傳來了戰鬥的聲響。聲響當中聽不見武器互擊，只有鈍重的撞擊聲和人聲吶喊而已。

有人在戰鬥。但霸修不在其中。霸修在的話，應該會傳來更為激烈的破壞聲才對。

隱約察覺到這一點的捷兒決定先留在原地。

戰爭期間他也遇過這種情況。

這種時候，比起立刻脫逃，他留下來多半可以讓事情的發展變得比較好。

「好。」

捷兒咻地飛了出去。

總之最重要的還是偵查。雖然他不太能在暗中視物，但總能得到某種情報吧。

他行動的時候原本是這麼想，但戰鬥已經結束，現場早已亮起燈火。

在火把微弱的光芒之下，火光照耀出傷痕累累的士兵們。待在正中間的人影是頭破血流且雙手被綁了起來，倒在地上的茱迪絲。

「……這是什麼狀況？」

「喔喔，是捷兒啊……如你所見嘍。感覺應該是當地的騎士前來討伐我們了吧。」

「啊，是喔——」

茱迪絲看著捷兒。

捷兒心想不妙，正打算躲起來。他顧慮的是茱迪絲有可能抖出他是負責前來偵查的人。

然而，茱迪絲瞬間露出驚訝的表情後，卻立刻對捷兒投以憎恨的視線。

這種表情變化代表什麼意思，捷兒也不太清楚。

但是，她是霸修看上的女人。無論如何，都不能讓盜賊們殺了她。

「這下可好了。先是妖精，現在又有這麼優質的女人送上門來，運氣太好了吧喂。」

「嘿嘿嘿，頭目，女的我可以要走嗎？」

「少笨了，當然是要大家一起用啊，兄弟。」

「別想獨吞。」

「好～女的關進牢裡，男的殺掉之後丟到外面去。」

茱迪絲的臉上頓時血色盡失。

6.擬餌捷兒

「唔……殺、殺了、殺了我吧……」

她嘴上這麼說，但表情明顯被恐懼所支配。眼睛止不住晃動，顎骨附近傳出牙齒打顫的聲響。喉嚨深處接連洩出抽氣的聲音，感覺隨時都會放聲哭喊。

（喔喲，這下可好了。）

捷兒心想，這是個絕佳的好機會。

窮途末路的女騎士。能夠順利在這個狀況下拯救她的話，霸修的評價還不漲到爆嗎？這樣可以說是已經射下女騎士的芳心也不為過了吧。

「等等等，不可以現在殺啦。難得之前辛苦了這麼久都沒被發現！要是屍體被發現了，那些騎士會大軍壓境喔！」

這傢伙是怎樣，像是想這麼說的視線掃過了捷兒。

但捷兒不會因為這種程度的事情而畏縮。因為妖精不會看氣氛。

「有了！這些傢伙，明天早上再帶去外面處刑好了！然後再偽裝成是熊地精幹的！拖到森林裡面的小空地去，搞成一副血濺五步的樣子！順便準備幾具熊地精的屍體，布置成他們努力奮戰到最後還是輸了的感覺！就算叫什麼智人，骨子裡還是很笨的，他們肯定會上當！這麼好賺的生意就這麼在這裡結束真的可以嗎？不，當然不行！幾位武功高強、頭腦清晰，不可能不懂這種道理！而且，這個地方這麼昏暗。要殺這些傢伙的時候，還是會想在明亮的地方看著他們那種『怎麼會這樣～』的表情才對吧？一邊看著那種表情一邊殺，肯定很爽快喔！」

捷兒連珠炮似的說個沒完，讓盜賊們的心情有所轉變，也開始覺得「他這麼說好像也沒錯？」了。

反正要殺隨時可以殺？

憑我們的本事這根本輕鬆寫意？

捷兒的話語中，蘊藏著足以讓他們這麼覺得的魔力。捷兒在某個地區得到的別名，叫做「擅長吹捧的捷兒」。在這個妖精的吹捧之下，沒有人會不動心。

「這樣說也對。好，你們幾個，把他們全都關進牢裡去……嘿嘿，女騎士小姐啊。我要在部下面前帶妳上天堂。」

最後，柏格斯這麼決定了。

他抓著女騎士的頭髮，一路拖進洞窟深處去。

茱迪絲在絕望的同時，以看著背叛者的眼神看向捷兒。

（老大，事情我都幫你安排好嘍。這已經是不行的話就怎麼努力都不會成功的狀況了。接下來只等你在最佳時機現身，英雄救美而已！）

不過，捷兒完全沒有在看她的眼神。

◇

霸修醒來的時候，看見的是抱頭苦惱的休士頓。

「真的假的啊喂……咦——不會吧……」

然後，茱迪絲和其他幾個人則是不見人影。

「……其他人怎麼了？」

霸修這麼一問，休士頓便一臉尷尬地轉過頭來。

「說來丟人，看來他們對我們施展了睡眠魔法，先行攻堅了……」

睡眠魔法。

能夠讓目標陷入深沉的睡眠將近一小時的魔法。

「你下令攻堅了嗎？」

「不，我沒有。是他們違反命令。」

「…………智人會違背命令嗎？」

「不喜歡那個命令就會。」

對於霸修而言，這是一次文化衝擊。

在半獸人的社會，違背命令的傢伙不是立刻被殺，就是被逐出國外。命令之於半獸人，就是這麼神聖而絕對。

「智人在這種時候會怎麼做？」

「基本上是訓話和減薪……情節嚴重則是停職處分，甚至剝奪騎士身分。」

「不是太嚴重的重罪呢。」

「因為現在是和平的時代……而且，智人有很多無能的指揮官，蠢蛋才會聽無能長官的話搞死自己這種論調也很盛行……說起來真是太慚愧了……不過我也沒有資格說其他人就是了……」

「哼。」

休士頓是不是無能之徒，霸修一點也不在乎。

抗命對智人而言不是太嚴重的重罪也一樣，雖然讓他有點驚訝，但他一點也不在乎。

現在最重要的是，從剛才開始洞窟裡面就飄出血腥味。

採取攻堅行動的茱迪絲，他正好看上想娶回去當老婆的極品母智人，目前可能正暴露在危險之中。

「所以呢，怎麼辦？」

「他們對我們施展了睡眠魔法，在解除之後還沒有回來，表示有可能已經滅團了。一般

6.擬餌捷兒

的處理方式應該是先回鎮上一趟，組織討伐隊……」

「現在還能那麼悠哉嗎？」

霸修瞪了休士頓一眼。

他看上的母智人可能身陷危機，現在他可不會讓步。

「現在的指揮官是你。我會服從命令。」

半獸人會服從指揮官所說。

但是，半獸人可以對指揮官表示意見。雖然一般不認為這是值得嘉許的行為，可是霸修還是說了。

「不過，半獸人不是膽小鬼。無論是任何命令我都會服從，並且勇敢奮戰。」

休士頓重新好好地看了一下霸修。

綠色的皮膚、兩根獠牙、結實的肌肉。再尋常也不過的小個子半獸人。然而，他絕對不會認錯，也不可能忘記自己見過這個男人。戰爭期間，休士頓不斷逃離這個男人。

如果是平常的休士頓，一眨眼就會對茱迪絲見死不救了吧。

他只會覺得這是自作自受。覺得是抗命的報應。覺得自己不該為了那種蠢材冒險。

即使身邊的人叫他膽小鬼，他也會當成耳邊風聽過就算了吧。

然而，在他眼前的是霸修。休士頓最為害怕，也最為認同的男人。

對於自己在戰爭期間的行動，休士頓相當自豪。逃離這個男人，絕對不是因為自己是個膽小鬼。是為了勝利而採取的行動。實際上，休士頓藉此存活到最後，半獸人成了戰敗國。

他不希望這個半獸人英雄認為他是因為膽小才不斷逃跑，逃跑起了作用是因為運氣好。

「……我知道了。接下來就對洞窟進行攻堅，搶救俘虜，將賊人殺得一乾二淨。」

「遵命。」

「半獸人英雄」露出尖長的獠牙笑了。

7. 茱迪絲

我有一個姊姊。

是我最引以為傲的姊姊。

她大了我十歲左右，在我懂事的時候，姊姊已經是成績優秀、品行端正，足以成為眾人的模範，集所有家人的期待於一身。

在我成長的過程中，姊姊一直是我的偶像。

對於我這個小了很多的妹妹，姊姊非常溫柔。

姊姊在學校似乎是受人害怕的對象，我跟前跟後、姊接姊接地叫她，似乎讓她很開心。

我喜歡姊姊幫我綁頭髮。姊姊什麼事都辦得到，就是有點手拙，我的頭髮總是歪向左邊或右邊。可是，我非常喜歡那個稍微歪一邊的髮型。因為這就證明了是姊姊幫我綁的。

從學校畢業之後，姊姊成了騎士。

我們家是代代相傳的騎士家系，姊姊也一直都是這麼打算的。對於國家而言，當時還是戰爭打得如火如荼的時候，正需要人手。

姊姊很優秀，在成為騎士後也是一路仕途順遂，短短幾年內，已經負責帶一個中隊了。

姊姊一年會回老家一次，向我們報告戰果。

打倒惡魔王，也在幾個重大戰局獲得勝利之後，戰爭變得對四種族同盟相當有利。戰爭不久之後就會結束。結束之後，我來當妳的家教好了。妳也要當騎士對吧？這樣的話，我也陪妳練劍好了。呵呵，說不定妳會被分發來當我的部下呢。到時候可不能像在家裡這樣了。我會嚴加管教妳的。

說完，姊姊笑了。

接著，幾個月之後，姊姊的部隊慘遭擊潰，姊姊成了半獸人的俘虜。

聽見報告的時候，絕望籠罩了我們家。

父親和母親都是一臉世界末日來臨的樣子。他們甚至說，她不如就那樣死了還比較好。

當時的我什麼都不懂。不知道父母為什麼那麼說。

那可是姊姊耶。爸爸和媽媽不也都把姊姊當成自己的驕傲嗎？

所以，我大喊「死掉怎麼可能比較好！」之後，把自己關在房間裡面。

之後好一陣子，我都不肯和父母說話。

後來過了幾年。

戰爭結束了。

7.茱迪絲

智人率領的四種族同盟獲勝，半獸人隸屬的七種族聯合戰敗。

被半獸人囚禁的俘虜也全都獲釋。

姊姊也回到了我們家來。

於是，我理解了「女人被半獸人抓到」是怎麼一回事。

姊姊徹底崩潰了。

眼神空洞、披頭散髮，以前明明是個走路的時候抬頭挺胸的人，現在簡直像是想躲避什麼似的，走起路來總是彎腰駝背。

幾乎不說話，只要男人一靠近就會放聲尖叫，害怕得不得了。

即使是親生父親也一樣。

後來我才聽說，姊姊成了半獸人的大隊長的老婆，到戰爭結束為止一共生了六個孩子的樣子。

一再懷孕生產讓她的身心兩方面都殘破不堪，實在不是能夠回去當騎士的狀態。

話雖如此，在這種狀態下也不可能嫁人。

姊姊的未來、姊姊的人生，完全被斷送了。

我無法原諒半獸人。

我知道。那些道理我也都懂。半獸人就是這樣的一支種族。他們只是常識和我們不同。

7.茱迪絲

他們必須那麼做才能夠繁殖。就像貓喜歡陰暗又狹窄的地方，狗會在路邊的樹上小便一樣。

他們那麼做的時候沒有惡意。

可是，道理和心情是兩回事。

我想絞死所有半獸人。

所以才成了騎士。

我原本就打算當騎士，只是又比之前更加努力了。

戰爭結束後軍隊縮編，騎士的需求也變少了，害得我稍微花了點時間，但我還是設法當上了騎士。

分發志願我選了要塞都市克拉塞爾。

距離半獸人國最近的城鎮。在情況緊急的時候，將最快和半獸人交戰的城鎮。有那位「殺豬屠夫休士頓」在的城鎮。

分發結果如同我的志願。

也有人給我忠告，說女騎士別去半獸人國附近，但我沒有理會。

「殺豬屠夫休士頓」這個人，人如其名。

對於不時從半獸人國漂泊過來的流浪半獸人，他毫不留情。

審問他們為何被趕出半獸人國，聽到答案之後，他就不會多費唇舌。

不管那些傢伙打算多說什麼，他都只是淡定地處決。無論是已經犯了罪，還是什麼都沒有做，他都不管。

據他表示，似乎是「流浪半獸人，簡單說來就是在半獸人國犯罪的傢伙。那些傢伙來到智人國還是老樣子。等到出事就太晚了吧？」這麼回事。

看著他毫不留情的行事作風，我決定要跟隨這個人。

戰爭結束之後，和其他種族之間的交流也日漸興盛，對於每個種族各自的常識與習性也越來越寬容，在這樣的時代，能夠對半獸人那麼不留情面，簡直就是我的理想。

這個人一定能夠完成我的復仇。能替我殺掉所有半獸人。

我如此相信。

凡事有例外，我也聽說過。

不是流浪半獸人的半獸人。

也就是說，是出外旅行，或是接獲國家的某種命令、奉命行動的半獸人。如果是這種人，在問完話之後，休士頓似乎打算釋放他們。

那種人，在我赴任之後，一次都沒有出現過。所以我也忘記了。

可是，真的出現了。

名為霸修的那個半獸人和我所知道的半獸人不同。

7.茱迪絲

身材以半獸人而言算嬌小，但體格精壯到其他半獸人根本不足以相提並論，而且態度相當大方。

而且他不只體格精壯，表情也很正經。

流浪半獸人這種人，神情總有點吊兒郎當。他們見到我，幾乎可以說是必定會露出猥瑣的表情，視線立刻往胸部和臀部過來。

我討厭那種視線討厭得要命。但是，霸修至少沒有露出猥瑣的表情。

雖然視線是往胸部和臀部飄了過來……不過，智人的男人也差不了多少，所以就算了。

問題是，霸修出現之後，休士頓的那個態度。

雖然是很不舒服。

老實說，我失望透頂了。

那是怎樣啊？「殺豬屠夫」上哪去了？

名叫霸修的那個半獸人似乎是半獸人國的重要人物。

這個我懂。但也無須對他鞠躬哈腰到那種程度吧。再怎麼說，這傢伙也只是半獸人吧。

後來，我們一起行動，而行動中的休士頓總是在看霸修的臉色。

比起解決驛道的案件，他的想法更傾向於不想讓那個半獸人失望，明眼人都看得出來。

我對他的不信任只有不斷加劇。

所以我抗命了。出自一時的情緒。純粹是幼稚的反抗。

不過也不只是這樣。

一方面是因為姊姊長期被俘虜，導致精神崩潰的緣故。

即使在戰敗被俘的那個瞬間就已經無法避免身體遭到玷汙，如果能更早救出姊姊，或許還不會崩潰到那麼嚴重也說不定。

所以，俘虜應該盡早搶救，這樣的心情讓我著急了起來。

即使被俘虜的是個和我非親非故的妖精也一樣。

知道我家的狀況的士兵們都同意了我的想法。

即使抗命，只要做出結果一切都不成問題，或許難逃減薪或停職，但反正現在是和平的時代，長官應該會原諒我們吧。老實說，我沒有好好想過。

無論是我們的行動，以及休士頓的命令的意義……還有敵人的戰力。

「呼嘿嘿……好期待明天啊。」

結果，我和士兵們的性命成了風中殘燭。

「呃……」

「嗚……」

我還有部下們都躺在地面上。

7.茱迪絲

所有人都傷痕累累，有人骨折，還有人昏了過去。

即使沒人喪命，但有人嚴重失血，明天早上可能就會變得冰冷。

在戰鬥結束的時候，所有人都還活著純粹只是運氣好吧。

攻進洞窟裡的我們碰上了埋伏。

敵人首先攻擊我們的照明。

在漆黑的洞窟內，我們連敵人的正確人數都不知道，一個又一個被打倒，不一會兒就滅團了。

站在滅團的我們面前的是十幾個智人和十幾隻熊地精。

還有，一隻半獸人。

半獸人，是半獸人。

而且還是指揮魔獸的馴獸師。

我以憤恨不平的眼神看向那個傢伙，那傢伙便露出猥瑣的表情舔了舔嘴唇。

我心裡一陣恐懼。

「這下可好了。先是妖精，現在又有這麼優質的女人送上門來，運氣太好了吧喂。」

「嘿嘿嘿，頭目，女的我可以要走嗎？」

「少笨了，當然是要大家一起用啊，兄弟。」

「別想獨吞。」

「好～女的關進牢裡，男的殺掉之後丟到外面去。」

聽見這番對話，我領悟到自己等一下會被怎樣。

「唔……殺、殺了、殺了我吧……」

我知道自己的聲音在顫抖。

知道自己嘴上叫他們殺了我，卻不想死。我什麼都還沒做。這樣我到底是為了什麼才當上騎士的。不要。住手。不要對我動手。

這時，一個尖細的聲音從一片昏暗當中傳來。

「等等等，不可以現在殺啦。難得之前辛苦了這麼久都沒有被發現！要是屍體被發現了，那些騎士會大軍壓境喔！」

陰影之中，一個散發出微弱光芒的飛行物體大聲這麼說。

「有了！這些傢伙，明天早上再帶去外面處刑好了！然後再偽裝成是熊地精幹的！拖到森林裡面的小空地去，搞成一副血濺五步的樣子！順便準備幾具熊地精的屍體，布置成他們努力奮戰到最後還是輸了的感覺！就算叫什麼智人，骨子裡還是很笨的，他們肯定會上當！這麼好賺的生意就這麼在這裡結束真的可以嗎？不，當然不行！幾位武功高強，頭腦清晰，不可能不懂這種道理！而且，這個地方這麼昏暗。要殺這些傢伙的時候，還是會想在明亮的地方看著他們那種『怎麼會這樣～』的表情才對吧。一邊看著那種表情一邊殺，肯定很爽快喔！」

是捷兒。

我簡直不敢相信。

我原本以為他被抓住了，卻不是這樣。這個傢伙，打從一開始就和這些傢伙是一夥的。

我們之所以被埋伏，一定也是這傢伙通風報信的緣故吧。

「這樣說也對。好，你們幾個，把他們全都關進牢裡去……嘿嘿，女騎士小姐啊。我要在部下面前帶妳上天堂。」

半獸人抓著我的頭髮拉起我的頭，一邊把我拖進洞窟深處，一邊對我這麼說。

聽他那麼說，附近的盜賊們也都發出猥瑣的笑聲。

◆

來到洞窟深處，他們把我帶進一間只鋪了骯髒稻草的房間，丟在地面上。

放眼望去，半獸人只有一個。

剩下的全都是智人。

滿臉鬍渣、神態粗野，外型看來稱之為賊人再適合也不過了；然而，他們都是智人。

「你們幾個……明明是智人，為何和下流的半獸人結黨營私？」

「下流的半獸人？喂喂，妳這是種族歧視喔。戰爭已經結束了。既然利害關係一致，就該好好相處啊……對吧！」

一個人這麼說，盜賊們便跟著表示「對極了」，邊笑邊拍半獸人的肩膀。

半獸人也開懷地笑了，和盜賊們互相拍肩作樂。

而我一直茫然自失，比我自己以為的還要茫然。

半獸人竟然會和智人聯手，我真的完全沒想到。

可是，仔細想想，這其實說得通。

首先是半獸人參與犯案這件事，惡魔族的祕術當中，有一招可以操控熊地精。

我在騎士學校的課程中也學過。

然後，有幾個半獸人會用那招。半獸人國又是近在咫尺，所以這起案件有半獸人參與也不是什麼奇怪的事。

但是，襲擊商隊的時候只偷少量的物資以免被發現，半獸人可不會動這種腦筋。半獸人襲擊商隊的時候，總是全部搶走，一件不留。

可是有智人出主意的話就另當別論了。

7.茱迪絲

這麼簡單的事情我之前怎麼會沒發現呢？

……我知道為什麼。

因為我瞧不起半獸人，認為半獸人不可能和智人聯手，認為半獸人並不具備和其他種族聯手的社交性。

因為我相信，自視甚高的智人不可能和低賤的半獸人聯手。

是我的思考過於淺薄，才惹來這樣的事態。

「好了……那麼，誰要先上？應該是頭目先吧？」

「嗯，這個嘛。你們先上好了。」

「喂喂，這樣好嗎，頭目？你們半獸人不是最喜歡女騎士了嗎？」

「我們半獸人也很喜歡慰勞在下位者。」

「要這麼說的話，我們智人更喜歡幫在上位者做面子。多虧有頭目的熊地精，我們才能幹得這麼順利。」

「喂喂，你們之前不是才說什麼長官都該去吃屎嗎？」

「值得尊敬的對象就另當別論了，頭目。我們可是很信任你的。」

「嘿嘿，既然是這樣的話，這次我就聽你們的好了。」

在進行著這樣的對話的同時，半獸人對我伸出手來。

我接下來就要被這個傢伙侵犯了。在這麼想的瞬間，我可以感覺到自己的血流迅速從頭上退去。

我知道自己的手腳開始冰冷，身體在顫抖。

「不……不要……別這樣……」

「喂喂，這樣不對吧，騎士大人？這種時候，妳才應該展現出那種與其被侵犯寧可選擇一死的氣概吧，不然就不好玩了。剛才的台詞，妳再說一次看看吧。」

「住……住手、快住手！」

我回想起姊姊徹底崩潰的模樣。

回想起姊姊在親生父親靠近她的時候發出的淒厲尖叫聲。更不禁回想起說出她生了多達六個半獸人小孩時，姊姊當時空洞的表情。

我憤慨不已。覺得姊姊都是被半獸人害成這樣的。覺得半獸人必須趕盡殺絕才行。

看見霸修的胯下時，我也完全沒感到羞恥和困惑，心中湧現的只有憤怒。

換句話說，我的思考就只有這種程度。

思考太淺薄了。因為我完全沒想到，自己也可能碰上同樣的遭遇。

「不要靠近我！不要、不要、不要——！」

「夠了，不准亂動！」

半獸人喀嚓喀嚓地以笨拙的方式卸除我的鎧甲，但我的手被綁在背後，無法做出有效的抵抗。

我只能窩囊地哭喊，大聲叫不要。

鎧甲被卸了下來，身體曲線一覽無遺的內衣暴露在外，男人們的視線跟著興奮了起來。

「我已經忍不住了。」

「不要啊！」

半獸人的手伸了過來，粗暴地扯破我的內衣。男人們的呼吸變得急促，口水從半獸人的嘴裡滴落。

「……喂，你不覺得有吵鬧聲嗎？」

這時，一個男人說出這種話來。

「覺得什麼啊……」

男人們急促的呼吸暫停了一瞬間，寂靜籠罩了整個房間。然後，也不知道是從哪裡傳來的，的確有某種爭吵的聲響。

不對，與其說是爭吵，更像是單方面進行破壞的聲響。

與此同時，有別的男人連滾帶爬地進入房間。

「頭目！敵人來犯！」

「什麼，竟然還有同伴嗎！有幾個人！」

「人、人數，只有兩個。」

「……什麼啊。那就冷靜下來處理對方。別讓敵人逃了。」

只有兩個人的話，再怎麼樣都對付得了。

比起那種事，我們更想好好品味很久沒碰的女人。男人們像是在這麼想，視線回到我身上來。

然而，男人們好像察覺到什麼，轉頭看向跑進來的男人。

仔細一看，他的臉孔因鮮血濕成一片紅，臉色卻蒼白到令人吃驚。

男人再次吶喊。

「還有什麼好處理的！我們的人幾乎都被幹掉了！快逃……」

下個瞬間，牆壁爆炸了。

在場的所有人都因為突如其來的巨響而愣住，看向爆炸的地方。

一個微弱的光芒輕飄飄地穿越了煙塵。

「不愧是老大。找對了。」

7.茱迪絲

妖精的聲音聽起來很平靜，和剛才截然不同。

在此同時，煙塵也逐漸落定。

開了一個洞。房間的牆壁上有個大洞。

然後，有個男人從那個洞緩緩進入房間。

看見那個景象，我感覺到更深的絕望。

綠色的皮膚、尖長的獠牙。是半獸人。又多了一個半獸人。

身體的顫抖變得更加強烈。

連自己接下來會變成怎樣都無法想像，手腳像麻痺了似的逐漸使不上力，眼淚從眼角奪眶而出。

已經沒救了。我滿心只有心灰意冷。

「……」

然而，新來的半獸人環顧四周後，視線停在我身上，開了口。

他看的不是我裸露在外的肌膚，而是看著我的眼睛說。

以這幾天來，我已聽得很熟悉的聲音。

「我來救妳了。」

這麼說。

8. 英雄VS魔獸大隊長

hero beast master

那是個窄小到令人喘不過氣的洞窟。

洞窟的高將近三公尺，寬差不多兩公尺吧。

對半獸人而言是很狹窄，但對智人來說還有一點空間。這個洞窟，恐怕是過去半獸人曾用過的前線據點之一。

就連霸修這個身經百戰的戰士也不知道有這樣一個洞窟。

考慮到這一點，這裡恐怕早已被棄置了長達二十年以上。

盜賊找到了這樣一個洞窟，據為自己的住處，大概是這種狀況吧

出乎意料地，霸修立刻就抵達了茱迪絲的所在地。

因為進入洞窟，在類似大廳的地方打倒疑似看守的盜賊後，捷兒便以超高速飛過來，還說「老大！你也太慢了吧！在這邊！快點，往這邊走！現在，就是現在這個當下，那個女騎士快要失身了！你要趁這個時候瀟灑地拯救她！再不趕快的話就來不及了！用衝的！全力衝刺！不然乾脆把那邊的牆壁之類的打壞抄捷徑！」這樣催促他。

休士頓說要負責確保退路及對付援軍，便留在大廳。

在霸修看來，休士頓是經過充分訓練的騎士。

他認為即使有援軍到來，休士頓也不至於敗在區區盜賊手下。

好了，現在，在霸修的眼前，他一直在注意的母智人，上半身被脫成精光，肌膚裸露在外。

霸修的兒子開始主張說「老爸，就是現在！」，但霸修先壓抑了那股衝動。

如果休士頓在這裡一定會嚇一跳吧。

還會心想，眼前有個裸女，半獸人居然壓抑了自己的獸慾。

然後又想，不對，正是因為能夠壓抑，他才會成為英雄。

當然，在場的不只茱迪絲一個人。

還有一個半獸人和六名盜賊和她在一起。

「怎麼？半獸人？是頭目認識的人嗎？」

「救什麼救啊，騎士們的襲擊早就結束嘍？」

盜賊們以狐疑的眼神看著霸修，卻沒什麼戒心的樣子。

只是，他們對突然轟爆牆壁闖進來的入侵者是何方神聖相當好奇，對著洞窟裡面的那個半獸人提出疑問。

「頭目，這個傢伙是誰啊？」

「為、為……為、為什麼……」

至於那個半獸人，他的臉色從綠色轉為鐵青，變成了藍半獸人。

止不住顫抖，嘴裡只會重複「為什麼」的那個半獸人也吸引了霸修的目光。

是個熟面孔。

「是柏格斯啊。」

「噫。」

柏格斯。

他是怎樣的一個人，霸修也知道。

他是半獸人國的戰士，操控熊地精的馴獸師之一。

也是半獸人當中唯一得到馴獸大師稱號的人。

不過，他也是無法接受與智人談和，違背半獸人王的命令，被逐出國外的男人之一。

「柏格斯，半獸人現在被禁止強行侵犯其他種族的女人。」

「沒……沒有，這不是強行侵犯，我得到這個女人的合意了！」

「一點也不像。」

茱迪絲的臉孔因眼淚和鼻水而一塌糊塗，扭著身子拚命想遮掩自己。

若這樣叫合意，霸修在森林裡第一次見到女人的時候，早就能脫處了。

「喂喂，你好像和柏格斯老大認識，不過看你那樣說話……該不會是敵人吧？」

這時，一名盜賊拔出腰間的劍。他一邊嘻皮笑臉，一邊以鄙視的視線看向霸修。

他的眼中已經充滿殺意。

「沒錯。」

霸修老實回答。

他完全沒有要掩飾的念頭。

「哈，那就受死吧！」

盜賊的動作很快。

他突然就把劍舉到胸口的高度，刺了出去。這招瞄準的是霸修的眼睛。

他雖然是盜賊，卻也是在戰爭中活到最後的戰士。對於在狹窄的地方戰鬥頗有心得，使劍的方式也相當出眾。

「瞧你的兵刃，應該無法隨心所欲地行動吧。」

期許能夠一擊必殺的刺擊。

自己的劍刺穿霸修的眼睛，看著霸修因為血像噴泉一樣噴出而痛苦掙扎……盜賊作著這般的白日夢，就這麼因為頭蓋骨碎得不成原型而死。

「咦？」

其他的盜賊沒有一個人能夠理解發生了什麼事。

施展了刺擊的同夥隨著一個「啪咯」的可笑聲響，失去了頭顱。

他們的理解能力跟不上這樣的現實。滿腦子只覺得莫名其妙。

「奇怪？」

但是，也有人察覺到變化。

霸修隨便拿在手上的大劍不知不覺間以收招的姿勢靜止了。

怪了，剛才還在右邊的劍，為什麼變到左邊來了。在這麼狹窄的地方，應該不可能揮動那種大劍才對。

慢了半拍，霸修身邊的牆壁應聲爆炸。

簡直就像劍剛從爆炸處穿過似的。

「唔喔！」

對於牆壁突然爆炸，盜賊們嚇得縮了一下。

儘管如此，他們依然還沒有理解發生了什麼事。

霸修揮劍橫掃，破壞了牆壁，也破壞了盜賊的頭部。

這就是答案。

唯有稀哩嘩啦地掉落的瓦礫是能用來推測霸修行動的提示。

但是，盜賊們沒能想通答案。只因為同夥突然死去而一頭霧水。即使牆壁遭到破壞，他們也只能縮起身子。完全不知道發生了什麼事，動作也完全停擺。他們沒能察覺到自己在間距的內側。

霸修沒有多費唇舌，由左到右，施展了第二次橫掃。

結果，所有一頭霧水的人的軀幹都像從中爆裂似的斷成兩節。

他們連放聲慘叫都辦不到。

搞不清楚狀況，動彈不得，總共六個人同時喪命。

「該、該死的傢伙……」

活下來的，只有就近看過霸修戰鬥的柏格斯。

知道那傢伙完全不把狹窄空間放在眼裡的只有他一個人。看見斬擊，能夠理解那傢伙是連牆帶人砍殺了盜賊的只有他一個人。

因此，只有他一個人成功退到霸修的間距之外。

「為什麼，為什麼你會在這裡啊……！」

柏格斯一邊這麼吶喊，一邊從房間的入口往外面衝出去。

霸修原本一時還打算追上去，但在捷兒對他耳語之後，腳步立刻定住。

然後，他緩緩面向茱迪絲。

他呼吸急促。

這也是理所當然的吧，畢竟，現在有個雙手被綁，連遮掩身體都沒辦法的女人就躺在他眼前。

「……噫。」

茱迪絲的喉嚨深處微微一顫。

在這個房間裡的只有茱迪絲和霸修。

只有上半身赤裸的女人和胯下鼓起的半獸人。不對，半獸人的頭部附近，姑且還有一個發出微弱光芒的妖精就是了……

那個妖精。看來好像不是和盜賊們同一掛的。但是……話又說回來，他肯定也不是站在自己這邊的。打從一開始，他就是霸修的同夥。

妖精不知道在霸修的耳邊竊竊私語些什麼。

看見這個狀況，茱迪絲猜測他是在說「趁現在上了吧」。

搞不好，那個妖精和半獸人打從一開始就打定了這個主意也說不定。

茱迪絲已經處於極限狀況超過了限度，無論任何事都忍不住以為是某個人的陰謀。

而面對這樣的茱迪絲，霸修緩緩伸出手。

「不要……住手……咦？」

然而，霸修完全沒有碰到茱迪絲的肌膚。

他輕輕蓋住了茱迪絲白皙的肌膚，用的是自己身上的外套。

「……咦？」

「我來救妳了。我幫妳解開繩索，妳把這個灑到牢房裡那些快死掉的士兵身上，是妖精粉。」

霸修這麼說完，便解開茱迪絲的繩索，將小瓶塞進她的手中。

關於妖精粉，茱迪絲也非常明白。

那是貴重物品。聽說從一隻妖精身上，一天能夠收集到的量相當少許。

恐怕是在霸修耳邊羞赧地扭來扭去的那個傢伙的吧。

這時，茱迪絲才總算理解了。

眼前的半獸人是來救她的。

她已經得救了。

已經從那個絕望的狀況當中獲救了。

不需要經歷和姊姊一樣的遭遇了。

「真希望妳可以感激我們一下！要不是我……不對，要不是老大擬定計畫叫我混進來當間諜的話，妳現在早就成了盜賊們的禁臠了。」

「！感、感謝你們……！」

茱迪絲滿臉通紅，開口道謝。

並非口頭說說，而是發自內心的感謝。

同時，她也為之驚訝。

半獸人這種生物，面對裸女居然什麼都沒做。

她瞬間覺得，霸修該不會沒有性慾吧？但即使穿著皮襯褲，依然看得出霸修的胯下鼓脹不已。

換言之，他是在壓抑自己的欲望的狀態下，對待茱迪絲。

「但是……」

「怎麼了？從我轟開的洞出去，左手邊就是牢房了。」

「那個我知道！可是，問題不是那個，為……為什麼，你不對我動手？」

「我可以對妳動手嗎？」

「不、不可以！」

茱迪絲用力抱緊外套。

剛才的恐懼頓時回溯，她整個人用力抖了一下。

「但是，擄走其他種族的女人，使之受孕，不就是半獸人這個種族……最、最喜歡做的事情嗎！」

「是啊。可是，以半獸人王之名，半獸人被禁止以強行手段侵犯其他種族的女人。」

這幾天來，她已經聽過好幾次的這句話。

像學了點皮毛就愛賣弄似的不斷重複的這句話。

她原本以為只是嘴上說說的這句話。

但現在這個瞬間，茱迪絲全然接受了這句話。

她終於懂了。

啊啊，這樣啊。

這就是「忠誠心」啊。

剛才見識到的那股強大。把牆壁像餅乾一樣砍碎，同時將六個人一刀兩斷的臂力。既然強成那樣，他想要多少女人應該都辦得到才對。別的不說，在旅社被包圍的時候，他大可以殺光士兵們，侵犯茱迪絲。

可是，他沒有那麼做。他憑著對半獸人王的忠誠心，克制自己。

這樣啊。原來是這麼回事。所以，休士頓也那麼認同他。

他是半獸人國的重要人物，是半獸人國的騎士。

而且還是王都的近衛團長級的大人物。

在茱迪絲理解了一切的同時，霸修站了起來。

「你、你要去哪裡？」

「去追那個傢伙。」

霸修正打算忠實地執行休士頓下達的「將敵人殺得一乾二淨」這道命令。

休士頓不是國王，卻也是現場的指揮官。

半獸人總是聽從指揮官的命令。

「這樣啊，你就是為了這個才……」

但是，茱迪絲有不同的解釋。

她理解了霸修的忠誠心。因此，她對霸修現在之所以在這裡的理由也有了頭緒。

為什麼會來到智人國，為什麼被痛罵也能夠忍耐，為什麼要和騎士們一起進森林，為什麼沒有對這種愚蠢的女騎士見死不救而攻進洞窟，還不惜留下半裸的女人也要追擊敵人……

不對，是追擊「半獸人」……！

既然明白了，茱迪絲便再也無法妨礙他的行動了。

「嗯？」

「沒什麼，我知道了……武運昌隆。」

「嗯！」

聽著她的話語從背後傳來，霸修站了起來。

◇

霸修順著原路回去，發現休士頓在大廳戰鬥。

面對十幾隻熊地精，展開激烈的戰鬥。

不過，雖然說是大廳，也還是在洞窟內。

這種時候應該很想有效利用空間與敵人周旋，但被十幾隻熊地精包圍的他無法如願，似乎陷入了苦戰。

「滾開，快滾開！熊地精們！包圍他！殺了那個傢伙！快點讓他滾開！」

如此吶喊的，是手拿鎚頭杖的柏格斯。

儘管急到快發瘋了，他還是操控著熊地精，試圖將死休士頓。

或許會有人覺得，如果想趕快逃走，根本不需要理會休士頓，但休士頓以巧妙的步法阻擋著柏格斯的去路。

柏格斯的去路，也就是唯一的通道。通往出口的通道。

如果是霸修知道的柏格斯，對手不過就是一個智人騎士，他應該已經輕鬆打倒敵人脫困了才對。

但柏格斯沒成功。一方面固然是因為休士頓與敵人周旋的方式相當高超……

不過更重要的是，他因為太過著急，導致操控熊地精的方式變得亂無章法。

「柏格斯！」

「霸、霸修……！」

聽見自己的名字，柏格斯轉過頭去。

出現在他眼前的是在被逐出半獸人國後，自己依然毫不懷疑地堅信是半獸人最強的男人。那個男人舉著愛劍，緩緩走向柏格斯。

「唔……集合過來！」

柏格斯在感覺到寒意的同時如此吶喊。

原本圍著休士頓的熊地精一隻不留地移動到柏格斯身邊。

在熊地精們的守護之下，柏格斯問道：

「為什麼！為什麼你會在這裡！」

霸修回答。答得大方。

「因為我接到了命令。說要殺掉你。」

8.英雄ＶＳ魔獸大隊長

「唔……是這麼回事啊！」

柏格斯理解了。為什麼霸修會在這裡。應該在半獸人國以英雄之姿悠閒度日的男人，為什麼會來殺他。

霸修的一句話讓他完全理解了。

柏格斯，縱然被逐出半獸人國，但依然是個戰士。

身為馴獸師，他經歷過許多的戰役。有自己的驕傲。有著他認為半獸人應若是的理想。

但，半獸人王的命令明顯與柏格斯的理想背道而馳。

不准侵犯女人？不准和敵人戰鬥？

胡說什麼啊！半獸人沒了戰鬥和女人還剩下什麼啊！

所以他才反抗，因而被逐出國外。

雖然淪落為盜賊，但這不代表他捨棄了驕傲。

他反而是義憤填膺，想以自己的方式體現半獸人的理想。

不過他這種行為看在想和智人交好的人眼裡，一定非常礙眼吧。

所以才下達了命令。

要殺了他。

要殺了想讓半獸人與智人交惡的人。

是誰下達那種命令的？

能對霸修，對半獸人族的英雄，對半獸人最強的戰士下達命令的男人，當然只有一個。

是半獸人王。是涅墨西斯那個混帳命令霸修殺了柏格斯。

「不願意對自己言聽計從的半獸人就那麼礙眼是嗎！」

柏格斯知道自己贏不了霸修。

應該現在立刻拋開鎚頭杖，膝蓋跪地，低頭求霸修饒自己一命，他的本能如此吶喊。

但柏格斯並未失去他的驕傲。並未捨棄他的理想。

柏格斯所認為的，最為尊爵不凡的理想半獸人戰士。

那樣的戰士面對舉著劍的對手，不會窩囊地求饒。

「我是前半獸人王國，魔獸大隊長柏格斯——！」

他報上名號。

與之相對的是英雄。

「嗯……我是前半獸人王國，布達斯中隊的戰士。半獸人英雄（hero）霸修！」

對彼此報上名號，互相放聲怒吼，雙方拿出全力互拚至死方休。

這正是半獸人族自古流傳的決鬥程序。

柏格斯挑戰，霸修接受。半獸人的上級戰士對半獸人的上級戰士，遵循傳統的決鬥。就連對半獸人的歷史與生態知道得非常詳細的休士頓都是頭一次看到。

「咕啦啊啊啊啊喔喔！」

柏格斯的戰吼在洞窟內迴盪。熊地精們呼應了他的戰吼同時動身。

「咕啦啊啊啊啊啊喔喔！」

霸修回以戰吼。

面對驚滔駭浪般湧至的熊地精，霸修毫不畏懼，奮力邁開步伐。

霸修的步伐，僅僅一步便將熊地精納入射程內。

在熊地精蹬地的同時，銳利的一刀閃過。

……三隻熊地精瞬間變成了肉塊。

「咕啦啊啊——————！」

霸修放聲怒吼，邁步向前。

一步，兩步，每前進一次，就有熊地精變成肉塊。

在沉重、銳利、凌厲的劍擊之下，尋常的熊地精不過是普通的肉。

剩下的熊地精有五隻。

是在戰爭結束時還剩下的，身經百戰的熊地精。兼具凌駕於食人魔之上的臂力，以及與蜥蜴人並駕齊驅的敏捷，是柏格斯的殺手鐧。

8.英雄ＶＳ魔獸大隊長

「咕嘎啊——！」

隨著怒吼，霸修又邁開步伐。

鋼鐵旋風襲捲而過。

半獸人的戰士，全都認為自己是最強的。

雖然不會說出口，但他們全都認為即使是半獸人王，只要是單挑，自己就贏得了。

那些自信過剩的傢伙卻也都有自覺，唯有霸修，自己肯定贏不了。

因為，任何人都無法看穿霸修的斬擊。

呼嘯而過的劍實在過於迅速。

以柏格斯的眼力，就連殘像都捕捉不到。但熊地精們的動態視力比半獸人還優秀。牠們的眼睛確實看見了霸修的斬擊。

並且試圖以凌駕食人魔之上的臂力，以及與蜥蜴人並駕齊驅的敏捷，化解他的斬擊。

然而，偏偏，對手是霸修。

就連能夠徒手輾壓食人魔的智人英雄「巨殺卿阿西斯(giant killing lord)」，也無法接下他的一招。就連有著堅硬鱗片的巨龍，頭顱也得被他砍下。

正面打倒所有敵人，令所有敵人聞風喪膽的——半獸人的英雄。

貨真價實的半獸人的殺手鐧。他的一擊，任何人都無法完全接下。

五隻熊地精瞬間變成了肉塊。

「嗚、嗚嗚……！」

柏格斯眼中看到的是長年甘苦與共的戰友們死去。

握緊鎚頭杖的手上多了幾分力。

為什麼自己沒有和他們一起上前進攻？

為什麼自己無法和他們一起死？

為什麼自己未能再上前，那怕只有一步也好？

這樣的後悔在他的心中瞬間閃現，然後化為鬥志。

我害怕霸修。對他感到恐懼。

將鬥爭擺在第一位，深信戰鬥就是一切，甚至不惜違背半獸人王的旨意而離開國家的我，卻在與英雄對峙時害怕得裹足不前。

他對這樣的自己感到憤怒。

「嗚啊啊啊——！」

柏格斯握起拳頭，猛捶自己的腳。

他維持著怒意，痛毆自己的恐懼，讓身體充滿力量。

「霸修——！」

霸修沒有理會他的行為。

只是為了斬殺眼前的敵人而邁開步伐。

「柏格斯！」

在呼喊了這個名字的那一剎那，霸修的腦中浮現了與柏格斯共度的回憶。第一次見到他的時候是在戰場上。

當時是他初次上陣之後過沒多久，揮劍的手臂也還很瘦弱的時候。那天，霸修看見了。看見了柏格斯和熊地精們。在戰場上東奔西走的健壯熊地精群看起來是那麼可靠。還有，在熊地精群當中揮舞鎚頭杖大顯身手的柏格斯，看起來是多麼英武，多麼威震八方。

當時，霸修還覺得自己一輩子都不可能像他那麼強。

柏格斯就是那麼地遙遠。

曾幾何時，霸修已經追上了他，趕過了他，甚至對他沒有一點崇拜了。

這樣的一個男人，如今就在霸修眼前。

「咕啦啊啊——————！」

「咕嘎啊啊啊啊唔喔！」

一閃。

柏格斯的鎚頭杖與霸修的大劍彼此交錯。

猛力撞在一起的兩個鐵塊。殺敵無數的鎚頭杖因半獸人強韌的臂力迸出火花，變形，扭曲，最後承受不住而折斷了。

反觀惡魔族鍛造的大劍，劍勢不見衰減，就連軌道也不受影響，一如霸修的意圖，準確地砍進柏格斯的頭上。

「嘎……」

柏格斯的頭部變成了四濺的血花。

「……」

失去了頭部後，柏格斯的身體頹然跪倒在地。

之後慢了半拍，隨著一個鈍重的聲響，柏格斯的身體才應聲倒下。

那具身體再也不會動一下了。

馴獸師當中的馴獸大師。

半獸人族當中操控熊地精的手法最為華麗的男人已經死了。

「呼……」

霸修喘了口氣，環顧四周。

大廳裡已經沒有敵人了。

十四隻熊地精，他已經在剛才的那一瞬間全數斬殺。

也沒有依舊存活的盜賊。假使有，現在沒了柏格斯，也不可能像之前那樣繼續當盜賊了吧。

「柏格斯……」

霸修俯視柏格斯的屍體，想起過去的事情。

柏格斯是以身為馴獸師而赫赫有名的戰士。

是個在霸修出生以前便大放異彩的男人。

在居於劣勢的戰鬥中，他曾經說「霸修，你是我們的驕傲。完全就是體現了半獸人理想的戰士」誇獎過霸修。

霸修也記得自己當時老實地表示「如果沒有你，我就無法在這個戰場上存活了」。

他是個偉大的戰士。

霸修一心以為他死在最後的戰役中。萬萬沒想到，他居然在這種地方成了流浪半獸人。

其中一定有什麼緣由吧。這個霸修並不清楚。順便多說一點，霸修也不知道他最後的那句嘶吼是什麼意思。

自己怎麼可能覺得他礙眼呢。反倒是自己還曾經尊敬過他。

「這傢伙就是最後一個了嗎？」

在霸修想著這些的時候，臉上被抓傷的休士頓對他這麼說。

抓傷聽起來沒什麼，但那是熊地精骯髒的獸爪所抓出來的傷。

大概是因為細菌感染吧，傷口已經開始腫起來了。

「是啊，裡面的盜賊我全殺光了。」

「茱迪絲他們呢？」

「都在裡面，應該任何一個人都沒死才對。」

「這樣啊，那再好也不過了。那麼，我們先帶著他們回去一趟吧。」

休士頓一邊在自己的傷口上塗了點口水，一邊這麼說。

只要有霸修在就能設法搞定。他原本是這麼想，才優先確保退路，然而事情更超乎他的想像。

以最少的動作發揮最高效率殺了十四隻熊地精，又解決了一名半獸人戰士。

那個動作，果然對得起半獸人最強的名號。

（……真虧我有辦法成功逃離這個男人到最後啊。）

休士頓心裡這麼想，鬆了一口氣。

9. 求婚

戰鬥之後，霸修等人在洞窟內探索，發現了疑似遭竊的商品。

商品內容和根據茱迪絲收集到的情報而列成的贓貨清單一致。看來，操控熊地精，在驛道上襲擊商隊的似乎就是待在這裡的那些傢伙沒錯。

他們還順便在某個房間裡面找到了盜賊們銷贓時的交易證據。

這樣一來連和盜賊有來往的商號都可以一網打盡了。

案件圓滿解決。

帶著那些證據，霸修一行人離開了洞窟。

「好刺眼啊……」

走出陰暗的森林，陽光普照令人目眩。

曾幾何時，夜晚已經過去。

霸修瞇著眼睛，環顧四周。

士兵們遍體鱗傷，雖然多虧了妖精粉，致命傷已癒合，但還是得彼此攙扶才能走動。

至於茱迪絲，她看著變成這樣的士兵們，有點沮喪。

白淨的肌膚和充滿透明感的金髮多少沾染了些髒汙。眼睛也略顯腫脹，臉頰上留有淚痕。不過，表情看起來卻隱約顯得神清氣爽。

看在霸修眼裡，這些全都美極了。

「……」

或許是察覺到這樣的視線吧，茱迪絲忽然看向霸修。

然而，她什麼也沒說，只是嘟起嘴別過頭。

如果是之前的話，她早就口無遮攔地叫罵，或是瞪回來了才是。

現在非但不是這樣，甚至還略顯害臊。

（老大，老大！）

正當霸修盯著這樣的茱迪絲直瞧之際，捷兒在霸修耳邊輕聲說了。

（雖然只是我的猜測，但趁現在上的話，說不定可以攻陷那個女人喔。）

（……是這樣嗎？）

（老大從危機之中解救她，展現出自己偉大的一面了啊。雖然沒有確切的證據顯示能夠百分之百成功，不過現在肯定是個好機會！而且你看，她的手指！）

聽他這麼一說，霸修看向茱迪絲的手。

9.求婚

她的左手無名指上面並未配戴任何看似戒指的東西。

（這是個大好機會！好機會啊！）

聽到是好機會，霸修的腦中浮現在洞窟裡看見的，茱迪絲衣衫不整的模樣。白皙的肌膚、裸露在外的乳房、奪眶而出的淚水。

呼吸自然急促了起來。

這一整天，他不斷忍耐。聽說女智人追求得太過猴急肯定無法得手，他又是灑香水，又是乖乖聽對方說話不回嘴，即使面對裸女也壓抑住自己……

多虧了這些努力，現在，他來到能夠得到眼前的女騎士的情境了。

被這麼告知，霸修緊緊握起拳頭。

瞄了茱迪絲的手一眼之後。

「茱迪絲。」

霸修就這麼帶著急促的呼吸，向茱迪絲搭話。

「怎……怎樣？」

茱迪絲的表情顯得有些尷尬，卻還是轉過頭來。

然後，看見呼吸急促的霸修，她「呃」了一聲，面有難色。霸修沒理會茱迪絲的反應，抓住茱迪絲的肩膀。

然後說了。

「妳幫我生孩子吧？」

對半獸人而言這是普通的求婚。

「……！」

茱迪絲瞪大了眼睛。有那麼一瞬間，她的表情差點浮現怒意。

……但是，那股怒意立刻消失了。

她一臉認真地盯著霸修看，端詳了幾秒鐘之後，輕輕一笑。

喔喔，感覺好像有譜了。正當霸修在心裡差點要這麼暗爽的時候，茱迪絲說：

「您不需要這樣測試我，我怎樣也不會再誤會了。『與其他種族發生非合意之性行為，是以半獸人王之名嚴格禁止的事項』對吧？」

她給出的回應既不是肯定也非否定。

霸修原本急促的呼吸隨著一個鼻塞聲應聲而止。

帶著困惑的心情，霸修詢問優秀的智囊的意見。

（那是什麼意思？是肯定？還是否定？）

（嗯……）

智囊雙手抱胸，咀嚼著她話中的涵義。

是肯定還是否定。在他的小腦袋裡面，身上寫著「YES」的妖精和身上寫著「NO」的妖精開始戰鬥。經歷一番壯烈的互毆……結果，智囊一臉遺憾地說。

（嗯……雖然非常委婉，不過這表示你被甩了。）

在智囊的腦中，「NO」高舉拳頭，對著觀眾拋出飛吻。勝負之間只有一根頭髮的差距。

（被甩了……也就是否定嘍。）

（是否定。）

（那接下來我該怎麼做？）

（基本上被甩了就果斷放棄去找下一個女人才符合禮儀。要是糾纏不休的話，光是這樣就有可能變成非合意之性行為了。）

（唔……這樣啊……）

看來是不行了。

（算了，這也無可奈何。）

然而，霸修並沒有太過失望。

在戰爭中，無論霸修一個人再怎麼努力，會輸的時候還是會輸。所謂的好機會，並不是一定會贏的保證。也會有無法完全勝利的時候。要是每次都因而沮喪的話，就無法在戰場上

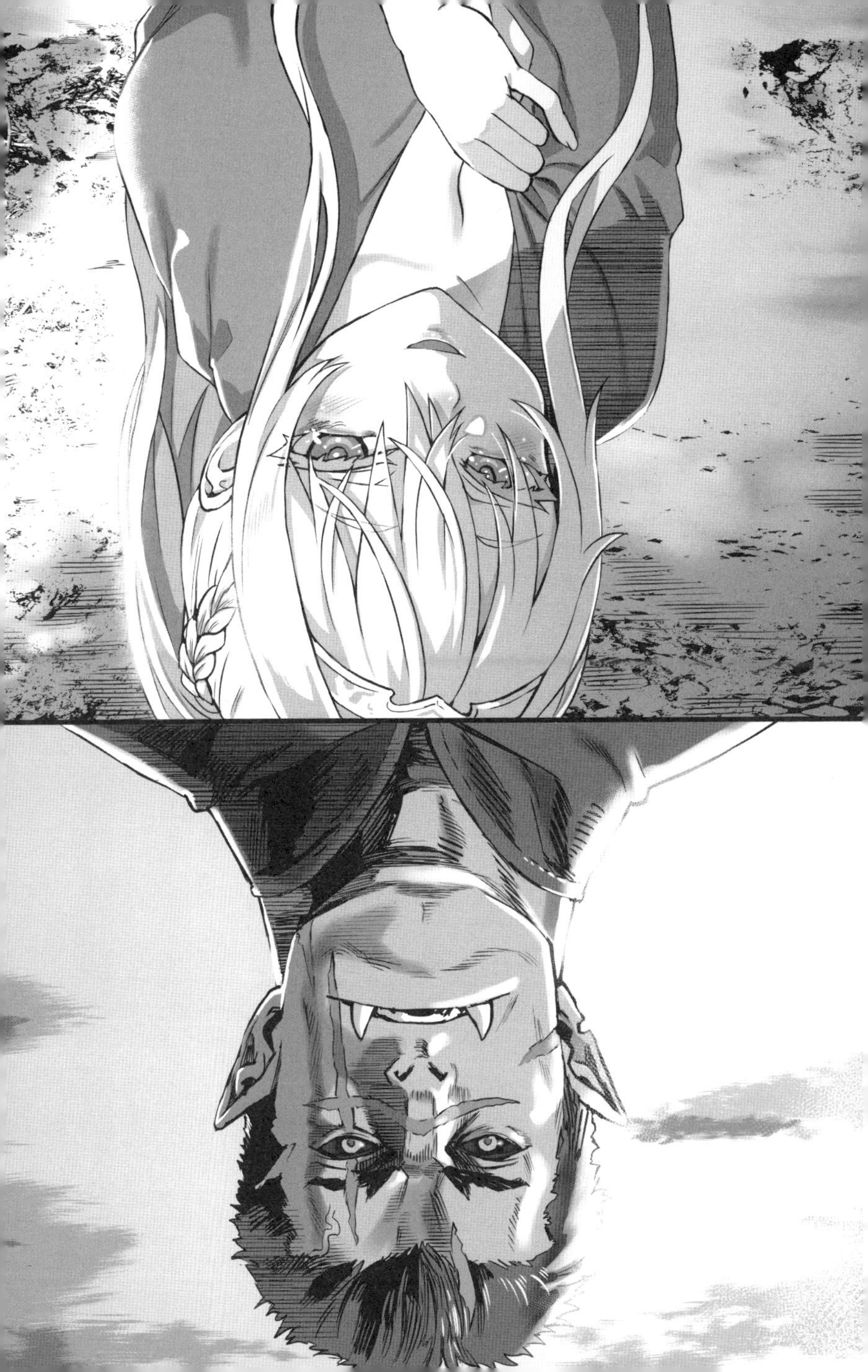

9.求婚

存活下來。立刻轉換心情前往下一個戰場才是戰士的表現。

（但是……）

但是，霸修還是有那麼一點不捨。

畢竟，這次戰鬥對霸修而言可說是第一次上陣。

他很想再堅持一下。他知道新兵急功躁進不會有什麼好下場，但還是想試試。

「這樣啊……太遺憾了。我還挺中意妳的。」

「明明是半獸人卻這麼會說客套話。將您批評得一文不值，被敵人抓住的時候還哭喊得像個窩囊廢，最後還勞駕您相救，這種女人是哪裡讓您看上了？」

「長相。」

「哈哈。」

茱迪絲笑了。這被她當成是在開玩笑了。

「好吧，我就姑且當作您是在誇獎我吧。」

茱迪絲這麼說，抬手順了順凌亂的頭髮。

站在霸修的立場，這不是什麼客套話。就連現在也是，茱迪絲順頭髮的動作撩得他心癢難止。

完全不知道霸修這樣的心思，茱迪絲喃喃地說：

「無論如何，謝謝您救了我。如果您沒有來，我大概就會變得像姊姊那樣了吧。」

「妳有姊姊啊？」

「是啊，有個被你們半獸人俘虜，徹底侵犯到身心無一完好的姊姊……」

「唔。」

霸修語塞。

茱迪絲的姊姊。雖然完全沒有情報，不過對智人不是很清楚的霸修心想，既然是茱迪絲的姊姊，應該是個和她一樣的美麗的女騎士吧。他擅自這麼推測。

既然是美麗的女騎士，不難想像半獸人們會怎麼對待她。

當時，任何人對於那種對待方式都沒有任何疑問。

對半獸人來說，俘虜女人就是那麼回事。

在和平談判的時候，準備締結禁止條約的那一刻，智人女騎士「濺血的莉莉」撂倒了一名半獸人戰士，說「未經同意的性交會嚴重傷害其他種族的女戰士的尊嚴。如果你們是重視尊嚴的種族，就該殺掉寧死不屈的人！不准侮辱她們！讓她們死在戰鬥之中！」，才總算讓半獸人們也稍微有點了解。

不過，就算了解了，還是有人無法戰勝性慾，也有人覺得從以前到現在都是那麼做，為什麼事到如今才禁止而感到憤恨不平，更有人不打算動腦，只覺得這樣要我們怎麼繁殖啊？

9.求婚

別開玩笑了。

即使不是所有的半獸人都這樣。

「我一直很痛恨半獸人。姊姊原本是那麼英姿煥發又聰明，是我所嚮往的目標，卻被半獸人摧殘成那樣……」

這麼說的時候，茱迪絲的表情和第一次見到時一樣，有著濃烈的憎惡之色。

我痛恨半獸人。真想趕盡殺絕。茱迪絲的憎惡濃烈到幾乎可能讓人聽見這種幻聽……

然而，她的表情立刻和緩了下來。

「不過我也決定改變想法了。因為我知道了，半獸人當中也有像您這種優秀的男人。」

憎惡絕不會消失。可是，她稍微平復了一些。

茱迪絲的表情如是說。

霸修對這件事情沒什麼感覺，倒是捷兒想通了什麼。

捷兒又輕盈地飛到霸修耳邊，輕聲說道。

（老大，這下絕對不會成了。）

（……不，既然她認為我很優秀，應該可以吧？）

（這女人是對半獸人這個種族本身無法接受喔。老大應該也有怎樣都不行的種族吧？）

的確，霸修也有無法接受的種族。

比方說蜥蜴人。對於那支看起來像蜥蜴的種族，他完全沒有想要性交的意思。首先，他連如何分辨雌雄都不知道。

其他像是殺人蜂。即使和那隻種族性交，不但生出來的全都是殺人蜂，懷孕之後還會吃掉丈夫。霸修想要的可不是一生唯一的一次性交。

其他不適合性交的種族更是不計其數。

如果在茱迪絲心目中，半獸人是被分類到那些種族裡面，那的確不會成了吧。

（雖然沒辦法當老婆，但既然她認為你優秀就還有別的機會。因為女智人會和別的女智人互相聯絡。或許，可以請她介紹其他不至於無法接受半獸人的女人也說不定喔。）

（原來如此！）

在霸修腦中，和茱迪絲一樣美的女騎士們一字排開。

全都是符合霸修喜好的女生。追不到茱迪絲確實可惜，但若能得到其中一個倒也不錯。

（啊，可是千萬不能直接說想叫她介紹喔。女智人非常厭惡「轉移目標」這種事。）

（這樣的話，該怎麼說才對？）

（這個嘛……用類似「尋求邂逅」這樣的說詞或許可以吧。）

霸修點頭稱是。

捷兒果然可靠。如果只有他一個人，腦袋大概無法轉得這麼快吧。

9.求婚

「茱迪絲啊，我有事想拜託妳。」

「拜託我？」

「我正在尋求像這次一樣的邂逅。妳有沒有什麼想法？」

聽他這麼說，茱迪絲瞬間歪頭不解。但她立刻露出豁然開朗的表情，看了休士頓。休士頓就在旁邊不遠的地方聽著霸修和茱迪絲的對話，也立刻點了點頭。

「若是如此，我心裡倒是有底。」

「嗯……你嗎？」

「哈哈，再怎麼說我也是克拉塞爾的騎士團長。這一類的情報我也有在收集。」

所謂的騎士團長，以半獸人而言就是大戰士長。

大戰士長是指揮官。隨時都在注意自己麾下的戰士們。

反過來說，無法注意到部下的男人就無法成為大戰士長。

半獸人是單純的種族，卻也不笨。他們非常清楚成為指揮官必需的要素。

像霸修這種出色的戰士未必是出色的指揮官。

這麼一想，騎士團長對自己麾下的女騎士很清楚也說得通。

「請你去精靈國，席瓦納西森林的城鎮看看。如此一來，一定會有你所期望的『邂逅』吧。」

「精靈嗎？」

事情跟霸修所想的介紹不同。

他原本還一心以為會介紹哪個女騎士給他。

不過，精靈很不錯。雖然繁殖力比智人弱，但體質似乎和半獸人很合，頗容易受孕，容易生下魔力強大的小孩。

由於是長壽種身體也相當強健，而且多半都是容貌出眾，所以在半獸人之間也是非常受歡迎的種族。

相反地，也因為多半都很瘦，部分半獸人不喜歡精靈。

但……霸修並不是那部分的半獸人。目前半獸人國的繁殖場也沒有精靈，所以還有種珍貴感。如果能娶回去當老婆，也能夠保住他身為英雄的面子吧。

（精靈是吧？也不錯啊！老大！）

（是啊！咱們立刻動身吧。）

霸修一臉滿意，轉過身去。休士頓見狀，露出驚訝的表情。

「咦？你要去哪裡？」

「席瓦納西森林。」

沒錯，席瓦納西森林不算太遠，不過和要塞都市克拉塞爾是反方向。

9.求婚

沒必要回克拉塞爾。

「……要不要在克拉塞爾住一晚再走？我們歡迎你喔。」

「我沒那個空閒。」

霸修想盡早捨棄處男之身。

如果說席瓦納西森林是能夠讓他脫處的地方，他就只想盡快前往。

「我原本還以為今晚能夠和你在酒吧一起舉杯慶祝勝利呢。」

「想舉杯慶祝還太早。因為我還沒有達成我的目的。」

休士頓原本還想再挽留一下的樣子，但最後還是笑著放棄了。

「說得也是。我明白了。那我就不留你了。」

不知道這邊是怎麼一回事的士兵們轉頭過來看著霸修一臉無法理解的樣子。

讓他走沒關係嗎？他們的眼神如此訴說。

但是，休士頓和茱迪絲什麼都沒說。

他們只是目送著霸修的背影離開……不，茱迪絲向前站出了一步。

「霸修大人。」

霸修停下腳步。

是因為有所期待。

「祝您武運昌隆。」

期待終究沒有實現。

霸修回頭看著茱迪絲，深深點了點頭。

然後，他緩緩朝著席瓦納西森林的方向走去。

◇

「不好意思……我們搞不懂是怎麼一回事，到頭來，他究竟是為了什麼而來到克拉塞爾的呢？」

來到城鎮附近的時候，一名士兵說了。

「嗯～？你們不知道啊？」

「是，可以的話想請長官說明一下。」

休士頓聽見這句話之後轉過身，瞄了茱迪絲一眼。

妳已經想通了吧？說明一下。眼神像是在這麼說。

茱迪絲嘆了口氣，同時開始說明。

「戰爭結束之後，半獸人王不想和其他種族起衝突，選擇了迎合主義。這個你們應該知道吧？」

「知道。休士頓大人也參加了簽約儀式對吧？」

「沒錯。但聽說在出席簽約儀式的半獸人中，也有幾個人始終一臉不開心的樣子。」

「既然不開心，意思就是有人反對和智人和平共處嘍？」

「嗯。半獸人原本是性喜戰鬥的種族。從出生的那一刻就開心地參加戰爭，現在卻說要和平共處，別傻了，我還想盡情大顯身手呢……！有些人是這麼想的。而且還有很多人。」

一名士兵不禁嘶了一口氣。

「那種傢伙們，現在都離開了半獸人國，四散到世界各地去……而且還在各地作亂。就像這次一樣。」

茱迪絲或多或少從休士頓那邊學到了一些有關半獸人的知識。

不僅如此，這一年來，她也看著休士頓是怎麼獵殺流浪半獸人。

所以，她知道流浪半獸人都是怎樣的人。

大部分的流浪半獸人都是一些無法聽從半獸人王的命令，無論以半獸人而言還是以戰士而言都是三流的男人。

但她也聽說過，有些流浪半獸人並非如此。

以戰士而言是一流。征戰過無數戰場，砍殺過幾百名敵人的強者。他們整體來說都很強，而且也很狡猾，熟知存活之道。

「這次的案件確實也是半獸人幹的好事……可是，這和霸修大人的旅行有什麼關係？」

「都說成這樣了你還不懂嗎？」

茱迪絲無奈地聳肩搖頭。

「也就是說，霸修大人正在揪出那些不知羞恥的半獸人，並且驅逐他們。」

茱迪絲現在知道了。他是個走在正道上的騎士。嚴以律己，忠誠地依從應該侍奉的主君。正因為如此，他才會不斷提到半獸人王。半獸人王，乃至於身為半獸人英雄的霸修想要守護的事物，那就是……

「為的是找回半獸人這個種族的尊嚴。」

所謂的半獸人，是一種野蠻而低俗的種族。幾乎所有的種族都有這種常識。

這並不算錯。

然而在此同時，半獸人也是重視尊嚴的戰士。

他們是一流的劍，能夠自行刮除自己的刀身上長出來的鏽斑。

為了大肆宣傳這一點，霸修這位在半獸人當中獨一無二的英雄才會親自上陣。

「透過這次的案件，我對半獸人這種族的看法稍微有了點改變。」

我討厭半獸人。

9.求婚

讓姊姊崩潰的也是半獸人。他們不把智人當成對等的人類，尤其女人更是如此。他們只把女人當成生孩子的工具或是什麼的。怎麼可能讓人喜歡。

但是我現在知道，在這種討厭的種族中，也有令人尊敬的人物。以騎士而言，他是個足以令人嚮往的人。

知道了這件事，一定會有什麼重大的意義。

茱迪絲這麼認為。

「可是，休士頓大人一開始就知道了對吧？知道霸修大人為什麼會來到克拉塞爾。」

「呵……是啊。」

休士頓微微一笑。一開始他確實是害怕到失了分寸。但他立刻看出霸修身負某種使命。之所以能立刻發現，是因為休士頓研究過半獸人。

觀察、熟知半獸人，是他為了存活而做的事情。

但是，這次是多虧有那些知識和經驗，才能夠在應對那位英雄的時候沒有展現出失禮的態度，更能夠成為其助力。

休士頓對這樣的自己感到驕傲。

「既然以騎士自居，我們也得變成像他那樣才行。」

「是的……今後我要向霸修大人看齊，日益精進！」

茱迪絲細細回想這次的經歷，下定了決心。

我不會忘記與他的邂逅。

不會忘記他種種崇高的行動。

而且，我也要成為像他那樣的騎士。茱迪絲如此決心……

「不過，在那之前妳要停職加減薪。看在霸修先生的面子上，我就不剝奪妳的騎士權了。妳可要好好反省。你們幾個也是！」

「是，遵命！」

「是！」「是！」

休士頓與茱迪絲。

兩人一邊為了能夠與霸修邂逅而感謝神明，一邊回到要塞都市克拉塞爾。

尾聲

霸修走在森林裡面。

他要前往的地方是精靈國，席瓦納西森林。

枝繁葉茂的森林非常不利步行，霸修的腳步卻很輕盈。

他順著妖精的帶領，一股腦兒地朝著目的地走去。一步一步確實前進。

「席瓦納西森林算是比較近的地方，我們趕快移動吧！」

「好！」

霸修與捷兒。

在戰爭當中名聲響亮的兩人。他們的表情十分開朗。

因為他們憑著兩人的搭檔合作，征服了好幾個戰場。曾有過幾次敗北，但累積的勝利只有更多。

所以這次雖然失敗了，但下次必定會成功。即使下次也失敗了，再下次一定有成功在等著他們。

因為之前一直都是這樣。

兩人不斷前行，目標是妖精國，席瓦納西森林。

他們堅信可以在那裡娶到妻子，結束這趟旅行。

他們還不知道。

這趟旅行，將會是一趟漫長的旅行。

同一時刻。

某個精靈正在出席智人的派對。

是智人貴族主辦的富麗堂皇的派對。

無論看向左邊還是右邊，見到的都是打扮奢華的紳士淑女春風滿面地有說有笑。

戰爭期間，只見過他眉頭深鎖的那個男人也改在眉尾擠出笑紋，齜牙咧嘴地放聲怒吼的那個女人現在也掩著嘴輕聲嬌笑。

在這樣的場景中，那個精靈正在和某位貴族的公子談笑風生。

至於他們在聊的內容，則是關於智人的未來。

「嗯。既然如此，接下來的時代果然還是商業、學問和藝術的發展會成為關鍵嘍。」

「是的。所以我們想在智人國全境廣設學校，但我們畢竟都是戰士和騎士，許多人幾乎

尾聲

不知何為教養，能夠成為教師的人更是少之又少……」

「有教養的人都已經自己開始行動了。」

「是啊，因此，我正在採取行動，希望能請他們協助，編寫用來培育教師的入門書。關於這件事，我也希望能夠請精靈族鼎力相助。」

「就是練兵書的教師版嘍！我們精靈族也正在研究這方面的事情。打算以書本的形式流傳下去，該說不愧是智人會有的巧思吧……太令我佩服了！如何，今晚我們一起針對教育聊個夠吧。」

「哈哈哈。妳的提議我很開心，但是男女在同一個房間共度一晚，恐怕會被誤會吧。」

「咦……！嗯、哼哼，像『破城槌』梅爾茨先生這等人物，也會把別人的閒言閒語放在心上嗎？」

「是的。」

「啊，是……這樣啊？」

「請不要測試我。無論是多麼勇敢的人，也不想和全體精靈為敵吧。」

「也、也對啦！哈哈、說得也是。就是說啊——哈哈。」

精靈也笑了。只是她的笑和周遭其他人那種爽朗而表裡如一的笑聲不同，是一種略顯空虛的乾笑……

尾聲

她還不知道。

「半獸人英雄」將和她有著同樣的目的。

某個矮人少女在自己的工房裡磨著劍。

沙沙作響的磨劍聲靜靜地在工房裡迴盪。

磨到某個程度後，矮人少女最後將刀身浸到放在身旁的水桶裡。將刀身沉進裝滿紅水的水桶之後，一層黑色的粉末狀物體輕輕浮到水面上。

少女抽起劍，望著刀身。

「好！」

「好什麼？」

「！」

聽見有人說話，少女轉過身，看見另一名女矮人站在那裡。

「不要擅自闖進別人的工房，我之前就告訴過妳了吧……」

「誰教妳自己不鎖門。所以妳剛才那道手續是什麼？那桶紅通通的水又是什麼，該不會是倒了塗料進去吧？」

「這是企業機密。要是我的技術被偷了還得了啊。」

「哈，妳以為自己的技術有好到會被偷嗎？有那種突發奇想就加奇怪手續的閒工夫，不如在研磨上多花點心思。」

「嘖！到底想瞧不起人到什麼時候啊……妳來就是為了說那種話嗎！」

面對暴怒的少女，女矮人嘆了口氣。

「我也不想說這種話啊。只是妳那種敷衍了事的作工，任誰看了都會想要唸個幾句。」

「竟敢小看我……下次武神具祭就不要哭給我看。」

「哈，就憑妳啊，別想了。」

女子留下這句輕侮的話語便離開了工房。

獨自留下的少女一邊因為心有不甘而咬牙切齒，一邊看著自己的劍。

她還不知道。

將來「半獸人英雄」手上揮的會是自己的劍。

獸人族的公主在自己的房間裡若有所思地看著外面。

從她的房間看得見的是新的城鎮。

戰爭結束後的這三年打造出來的城鎮。一切的一切都還很新，卻只有傳統依舊存在；東拼西湊，卻又充滿活力的城鎮。

尾聲

獸人族的王家為了復興這個城鎮而拚了命。

有件事公主不知道，這個城鎮是過去曾經被奪走的，原本是獸人族聖地的地方。

是獸人勇者雷托搶回來的城鎮。

住在這個城鎮的人全都以勇者雷托為榮。

在對抗惡魔王格帝古茲之戰當中，與惡魔王戰成兩敗俱傷而死的勇者。

被奉為獸人族的驕傲，譽為史上最佳英雄的勇者雷托……

「真的以勇者雷托為榮的話……為什麼還得說那種謊呢？」

然而，真相並非如此。

當然，勇者雷托是獸人族的驕傲。這點千真萬確。

但只有一點與真相不同。為了勇者雷托的名譽，為了獸人族的尊嚴，他們說了一個謊。

因此公主這麼想。

「還是必須徹底剷除才行。」

公主以帶著憎惡的眼神看著窗外。但她的視線絕非指向鎮上，而是對著自己心中的那股深沉又黑暗的情感。

「明明只有成功復仇，才是能夠撫慰雷托叔父大人的祭品啊。」

她還不知道。

自己所得知的事實也是虛假。

而且，將來自己會從「半獸人英雄」口中得知真相。

某對雙胞胎的妹妹正看著哥哥。

看著不斷揮劍的哥哥。

妹妹一直在照顧哥哥，總是看著哥哥的她知道，哥哥沒有劍術的才能。不，或許有才能也說不定，但是她知道，獨力鑽研並不足以令那種才能有所成長。

「呼……呼……」

「哥哥，喝水。」

「好。」

哥哥大口喝光妹妹遞給他的水，又開始揮劍。

雙胞胎有個必須打倒的對象。是害死父母的仇人，而且實力強大。

所以哥哥才會練劍。

他下定決心，一定要用他的劍報仇。

「……哥哥，太陽已經下山了。」

「我再練一下。」

尾聲

「……那我先回去了。」

哥哥沒有回話，繼續揮劍。

妹妹見狀，輕輕嘆了口氣。

她早已放棄了。那個敵人並不是像哥哥這點斤兩的人練幾個月劍就贏得了的對手。不，即使練個幾年也一樣。

她心中也想幫父母報仇。但她也不希望因為堅持這樣的心情，到頭來失去哥哥這最後一個親人。

可是，她又不能說希望哥哥放棄復仇。

「無論是哪裡來的什麼人都好，真希望有人可以殺了那個傢伙。」

她還不知道。

「半獸人英雄」將為他們完成復仇。

某個魅魔在星空之下待在荒野之中。

星空之下有著人類城鎮的光芒。她不看城鎮，只是一味抬著頭仰望星空。

她想起以前的事情。想起戰爭期間，曾經交手過無數次的那些人。

還是當年好。戰鬥的時候不需要想任何事情，累了可以倒頭就睡，卻又無法真正進入深層睡眠，就會被敵軍來襲的通知吵醒。

一直都很累，卻也十分充實。

（現在真的不行～會讓人想些不該想的事～）

她不禁想到，自己之所以像這樣露宿荒野的經過。

因為她是魅魔，就不許在城鎮逗留，而被趕出來的經過。

「和平真的是……」

鄙視魅魔的女領主的神情，一看見是魅魔便毫不掩飾地表露出厭惡感的人們。

他們面對魅魔時從嘴裡說出的淨是侮蔑與嘲弄。

戰爭結束了。世界變得和平了。

世人都這麼說，但對於魅魔而言卻不是這麼一回事。很遺憾的，和平只屬於部分種族。

「爛透了～」

魅魔看著星空。

看過去曾經在沙漠裡，和某個半獸人一起看的同一片天空

她還不知道。

「半獸人英雄」將為世界帶來和平。

尾聲

某隻龍和骨頭待在一起。

骨頭原本是個怪胎龍。

她對人類有興趣，經常前往人類居住的地方而受人害怕。

這隻龍不知道骨頭為什麼要那麼做。她認為人類只是塞不了牙縫的渺小生物，何必理會他們。

然而骨骸卻一直對人類很有興趣，最後甚至和人類交配，生下一顆蛋。

遠在太古時代似乎也不是沒有這樣的龍，但她實在無法理解這種事情。

龍並不討厭這樣的怪胎。

骨頭告訴她的人類故事都很有趣，她聽得很高興。

她對故事的內容本身沒興趣，所以一定是因為骨頭說故事的時候看起來很開心，牠才喜歡吧。

這樣的骨頭，有一天死掉了。

有一次，渺小的人類來到這裡，說服了骨頭，帶著骨頭離開。

然後，骨頭就變成了骨頭。

它參加了人類之間的戰爭，戰過，死去。

骨頭的屍體被打倒骨頭的那些人撿走了。因為對人類來說，龍的身體似乎是大量的貴重物品堆積而成。

骨頭變成骨頭來到龍的身邊，是因為帶著骨頭離開的那個渺小的人類，帶著僅剩的頭蓋骨回來了。

人類拚命向龍道歉。

龍有生以來第一次有了悲傷的心情。她不是第一次經歷同族之死，但因為人類道歉的方式是那麼真摯，讓她理解到發生了無法彌補的事。

龍沉浸在悲傷之中過了一年左右。她不時飛到各地去，到處殺人類來吃。為什麼骨頭要參與人類的戰爭的這個問題更令她心煩。

在這些情緒平息後，一股前所未有的情感在龍的心中油然而生。

是興趣。

龍對人類產生了興趣。這種渺小、孱弱，龍來了只能夠到處逃竄的人類，究竟是怎樣才殺得掉那隻骨頭？

她還不知道。

殺了骨頭的是人稱「英雄」的半獸人。

閑話〈後來的茱迪絲〉

故事發生在茱迪絲與霸修邂逅的三天後。

這一天，茱迪絲奉命和部下的士兵們一起負責驛道的警備工作。

驛道的案件應該已經解決了才對，長官卻要他們為了保險起見去確認驛道有沒有異狀，先前的洞窟還有沒有殘存分子，沒有異狀的話乾脆打掃乾淨。

被交付了這種可以說是白費力氣的任務的是茱迪絲和她的幾名部下。與解決了先前案件的成員一樣。

說穿了，就是一種懲罰。

休士頓是合理主義者。對抗命者必須加以懲處才能對其他人起警示作用，所以他會這麼做，卻又是認為停職等於浪費時間的那種人。

停職兩天，白費力氣的勞務一天。

別以為你們會有更多空閒時間，接下來每天還有極度操勞的工作當作懲罰。

休士頓的言下之意便是如此。

也因為茱迪絲和士兵們都清楚這一點，才肅然接下這個任務，前往驛道。

所有人都覺得這是個可以順利完成的任務。

然而，事情卻不是這樣。因為幾乎就在茱迪絲他們抵達驛道的同時，一名半獸人從森林裡面爬出來。

是常見的綠半獸人。一隻手上拿著戰斧，背上揹著巨大的棍棒。

一旦進入戰鬥，大概會兩手都拿武器應戰吧。

「是半獸人啊。喂，前面那位仁兄，你在這種地方做什麼？」

如果是遇見霸修之前的話，她早就不由分說地綁住對方了。又或者在那次邂逅之後的現在，即使有半獸人從森林裡出現，她可能也會毫不在意地當作沒看到。

可是她正在執行驛道的警備任務，從森林現身的人就是可疑分子，她沒辦法不過問。

「為什麼我得告訴妳那種事情啊？」

「因為我是克拉塞爾的騎士茱迪絲，目前正在執行這條路的警備任務。」

「嘿……聽妳的聲音和名字……是女騎士啊……」

半獸人露出猥褻的笑容。

笑容中充滿了「接下來我要撂倒妳，再好好侵犯妳」的態度。

仔細一看，單就體態看來，雖然手臂之類的地方頗為粗壯，但不同於霸修，這個半獸人小腹微凸，完全無法讓人感受到任何壓迫感。

「……是流浪半獸人啊。」

「哼，是又怎樣？」

「不怎麼樣。只是在想你們這些流浪半獸人，為何沒辦法遵守半獸人王的戒律，會跑到國外來。」

「哈，那還用得著說嗎？因為半獸人已經完蛋了。半獸人早已失去尊嚴，每個傢伙每天都過得像家畜一樣。你們智人好像都說我們是豬對吧……說的真是一點都沒錯，害我連生氣都懶了。」

「所以你才離開了國家？」

「沒錯！大爺我要讓其他種族知道，什麼是半獸人的尊嚴！嘿嘿，就先從妳開始吧，女騎士！我要把妳侵犯到一塌糊塗，讓妳生下我的孩子。」

茱迪絲毫不掩飾地皺眉。

她回想起不過三天前遇見的那個半獸人的長相和言行。

「人稱英雄的半獸人和淪落為流浪者的半獸人，居然差這麼多啊……」

「英雄？妳又知道霸修先生的什麼了。」

「前幾天，我見過他。」

「……什麼？」

「那位大人，既不打算脫離國家，也沒有自暴自棄，而是打算恢復半獸人的尊嚴。和你不一樣。」

「霸修先生，要恢復半獸人的尊嚴……？」

「沒錯。」

茱迪絲一五一十地將幾天前發生的事情告訴了半獸人。

告訴他霸修是多麼紳士，身為智人的自己的態度又是多麼失禮，而霸修卻絲毫不介意。還有自己是多麼愚蠢，而霸修又是如何解救那麼愚蠢的自己，連這些都赤裸裸地告訴了他。

以及霸修是懷著怎樣的志向開始了這趟旅程。其中帶著臆測。

「怎麼可能，霸修先生居然……女騎士就在他眼前，他卻連碰都不碰一下……」

「霸修先生不是流浪半獸人。他嚴守半獸人王訂下的戒律。為此還壓抑自己的本能。正因為如此，就連像我這麼愚蠢的人，也能夠認清半獸人是重視尊嚴的種族。」

「我還想說這幾天怎麼沒見到霸修先生……」

「捨棄小我而為種族奉獻生命。這並不是能輕易辦到的事。你也學學他的榜樣如何？」

茱迪絲這麼說完，拔出劍來。

無論說得再怎麼多，對方終究是流浪半獸人。茱迪絲的話語只會被當成挑釁。頂多只覺得是活跳跳的母智人在被侵犯之前叫囂罷了。

之前一直都是這樣。

茱迪絲和流浪半獸人的交戰經驗其實屈指可數，儘管如此，所有的戰鬥都是這個狀況。

「……」

「嗯？」

然而，流浪半獸人卻轉過身去。

他的手上依然拿著斧頭，卻是自然下垂，似乎沒有要戰鬥的意思。

「怎麼了？你想去哪裡？」

「那還用說嗎？回國去。」

「這可稀奇了。之前的流浪半獸人一看見我，都是立刻怒火攻心地朝我襲來啊……」

「是啊，被妳這種傢伙瞧不起還得棄戰背對妳是讓我很不服氣……但既然霸修先生為了找回半獸人的尊嚴而行動了，我怎麼可以給他添麻煩呢。如果你們無論如何都想和大爺我打起來，我也是個半獸人，會為了尊嚴而戰……」

「不，若你願意回去，我們不會阻止你。」

半獸人從鼻子哼笑了一聲，回到樹林裡面。

略顯驚訝的茱迪絲則是看著他離開。

之前，流浪半獸人都是一些毫無理性的傢伙。正因為如此，茱迪絲也那麼看待他們，休士頓的命令也是立刻殺掉他們。

實際上，眼前的半獸人也是，態度和之前的流浪半獸人沒什麼不同。

但是，誰曉得——

一搬出霸修的名字，他的眼神立刻變得像是身經百戰的戰士般充滿理智，乖乖回國了。

「半獸人英雄」。不愧是連茱迪絲也感佩不已的好漢，看來半獸人國內對他果然也是極度的信賴吧。

「流浪半獸人居然會變得那麼聽話……看來，我們遇見的人物遠比原本的想像還要霸氣呢……」

士兵們喃喃自語。

茱迪絲的心情也一樣。「半獸人英雄」霸修。像這樣和流浪半獸人一比較……不，即使是和之前遇見過的智人們相比，他也是個最配得上英雄這個稱號的好漢。

「是啊。難怪休士頓大人會對他鞠躬哈腰。」

「還說呢，茱迪絲大人下次遇見他的時候也會鞠躬哈腰吧？」

「下次他再叫我幫他生孩子的話，我可能就拒絕不了了呢。」

她討厭半獸人，光是看見就會冒出厭惡感。

閑話〈後來的茱迪絲〉

「不開玩笑了，咱們快點去那些傢伙的老巢吧。明天開始，休士頓大人好像準備了比這個還要操勞的工作。我們可得藉此彌補對霸修大人的失禮才行。」

「失禮的只有茱迪絲大人一個吧。」

「少囉嗦，咱們走。」

但是，即使是這樣的半獸人當中也有例外，茱迪絲再一次地如此心想。

後記

各位初次見面，或者如果是之前在哪裡讀過我的作品的讀者，好久不見了。我是理不尽な孫の手。

首先我要在這裡向拿起《半獸人英雄物語》的各位道謝。

真的非常感謝各位。

……如果能在這裡寫些類似「獻給某某」的事情大概很帥氣，可惜我的朋友不多，又像某位英雄一樣是個單身貴族過著悠遊自在的生活，並沒有能獻上作品的對象。會不會掉在哪裡等我撿啊？

順便多說一下，後記這種東西我也是第一次寫，就連該寫什麼才好都不知道。

我說真的，到底該寫什麼啊……這麼想的我在推特上問了之後，別人告訴我的答案是可以寫些開始寫這個故事的契機，或是近況之類的事情。所以我決定照辦。

為了敘述開始寫這個故事的契機，不能不提的還是和編輯U的邂逅了吧。

老實說，我完全不記得是怎麼遇見他的。總之，記憶模糊的部分我會隨便捏造來補齊，請各位見諒。

當時是199X年。那是世界被核子火焰籠罩的時候的事情了，我還記得有龐克頭的男人騎著機車繞著我家團團轉。錯不了的。

室內活動派的我在用拒馬圍住的家裡面，打開了「成為小說家吧」的個人網頁。我想在被龐克頭幹掉之前看一下《無職轉生》的留言版。

結果網頁上顯示出紅字，有人寫電子郵件給我。

上面寫著想和我一起工作，有興趣的話請回覆，大意就是這樣。

那時候《無職轉生》已經完結，我也還沒開始寫下一部作品。

我沒有特別想工作，也不是真的有興趣，但我沒來由地就回信了。

結果，對方居然說要用編輯部的錢請我吃飯，叫我到名古屋來一趟。

我二話不說地答應了那個提議。畢竟，我已經在家裡關了三天，食物都快要吃完了。

我和寫郵件過來的編輯U約好要見面，便衝出家裡。

然後在這個時候，我才發現上當了。

沒錯，在我離開家門時，拿著釘棒的龐克頭正等著我……

後記

於是我就這麼遇見了編輯U。

之後，我們一起潛入南十字星，爬上十字稜，為了找井而襲擊村莊，一邊大叫「嗚哇啦吧」一邊炸成碎片，並在受到限制級小說《童貞オークの冒険譚》的影響之下開始撰寫《半獸人英雄物語》，不過詳細情節就留待以後再說……

好了，字數也像這樣爭取得差不多了，該認真寫了吧。不然可能快被罵了。

這部作品《半獸人英雄物語～忖度列傳～》，描寫的是一名英雄為了捨棄處男之身而手忙腳亂，過程中不知為何解救了各式各樣的人，還有國家，就是這樣的一個故事。

或許不太會有什麼成長，但看了的人可以在會心一笑之餘產生自豪的心情，希望可以寫成這樣的一個故事。

還請各位以關愛的眼光看顧下去。

請多多指教。

——那麼，重新來過。

編輯部的各位，幫忙畫出美麗又帶點色的插圖的朝凪老師，因為《無職轉生》的工作讓我無法致力寫作而添了很多麻煩的編輯Ｋ先生，以及其他參與本書製作的所有人。

此外，還有在網站上看這部小說作為娛樂的各位，留言為我加油的各位。

真的非常感謝大家。

理不尽な孫の手

第二章　精靈國

老婆候補二號
桑德索妮雅
Next Heroine
Thunder Sonia

Next Episode

下集預告

為了尋求下一個可以當老婆的人，

抵達精靈國的霸修得知了衝擊性的事實。

「我得到了一個不得了的消息！非常不得了！真的非常不得了！」

「發生什麼事了？」

「不要嚇到喔，不要嚇到喔，千萬不要嚇到喔！聽說，現在精靈國……」

「正流行和其他種族結婚！」

「半獸人英雄」能掌握這個千載難逢的好機會嗎！

大受網友喜愛的女主角，桑德索尼亞終於正式參戰！

席瓦納西森林篇

近期發售預定

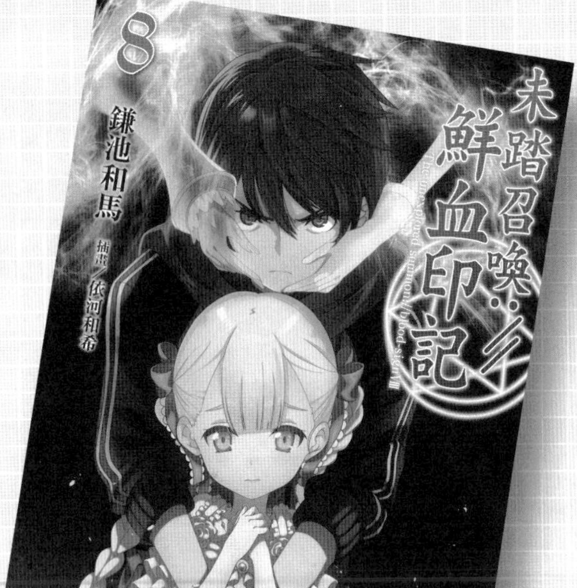

重裝武器 1~14 待續

Kadokawa Fantastic Novels

作者：鎌池和馬　插畫：凪良

超級重度虐待狂當長官已經是普遍性的事實！
這次的近未來動作故事一樣要讓主角過得慘兮兮！

「情報同盟」的巡洋戰艦在海濱沙灘上擱淺了。庫溫瑟等人基於國際公約的各種麻煩要求被迫展開救難行動，他們奉命在神童計畫「馬汀尼系列」中的一人，芮絲．馬汀尼．維莫特斯普雷的指揮下與敵國「情報同盟」最新式戰車隊展開合同作戰！

各 NT$220~320/HK$73~100

從零開始的魔法書 1~11（完）

Kadokawa Fantastic Novels

作者：虎走かける　插畫：しずまよしのり

這世上既有「魔術」也有「魔法」，
還有一個墮獸人與魔女共存的村莊——

克服了在北方祭壇遭遇的難關，傭兵與零回到本已化作廢村的故鄉。他如願開了一間酒館，並與成為占卜師的零還有志願前來的村民們一起復興村莊——不只零與傭兵的新生活點滴，還特別收錄了三篇稀有短篇。系列作特別篇在此登場！

各 **NT$180~240/HK$55~75**

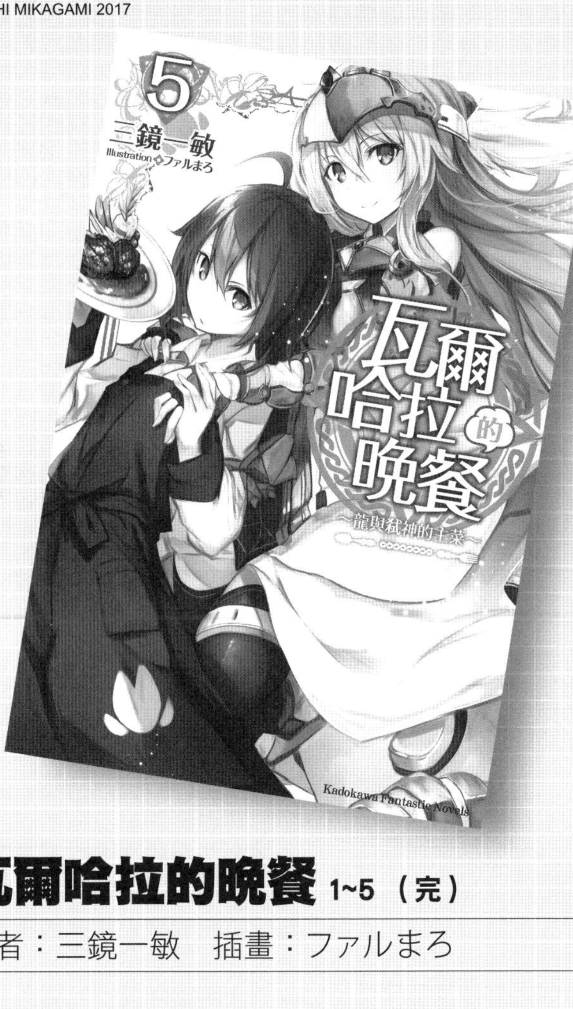

瓦爾哈拉的晚餐 1~5（完）

作者：三鏡一敏　插畫：ファルまろ

正面挑戰詛咒命運——
「輕神話」奇幻作品迎來最高潮！

我是山豬賽伊！在上一集我的祕密終於揭曉。原來我是會對所見之物激發占有欲，並會殺害得手者的詛咒戒指……幸好目前詛咒還沒有發動的跡象。而且這種時候往壞處想也無濟於事！我的優點就只有精力充沛和死後復活而已！可不能在這時灰心喪志啊……！

各 **NT$180~220/HK$55~68**

國家圖書館出版品預行編目資料

半獸人英雄物語：忖度列傳/理不尽な孫の手作；kazano譯. -- 初版. -- 臺北市：臺灣角川股份有限公司, 2021.06-
冊；　公分. -- (Kadokawa fantastic novels)
譯自：オーク英雄物語：忖度列伝
ISBN 978-986-524-552-8(第1冊：平裝)

861.57　　　110006103

Kadokawa
Fantastic
Novels

半獸人英雄物語 忖度列傳 1

（原著名：オーク英雄物語 1 忖度列伝）

2021年6月7日 初版第1刷發行
2023年11月3日 初版第3刷發行

作　　者：理不尽な孫の手
插　　畫：朝凪
譯　　者：kazano

發 行 人：岩崎剛人
總 編 輯：蔡佩芬
編　　輯：高韻涵
美術設計：黃永漢
印　　務：李明修（主任）、張加恩（主任）、張凱棋

發 行 所：台灣角川股份有限公司
地　　址：104台北市中山區松江路223號3樓
電　　話：（02）2515-3000
傳　　真：（02）2515-0033
網　　址：www.kadokawa.com.tw
劃撥帳戶：台灣角川股份有限公司
劃撥帳號：19487412
法律顧問：有澤法律事務所
製　　版：尚騰印刷事業有限公司
ISBN：978-986-524-552-8
